戀人

戀人

鄭浩承

推薦序
愛的確認

林婉瑜（詩人）

　　如果把愛情視為一種經驗累積，面對情人的離開，經驗值高的人，會比愛情初學者更容易釋懷嗎？

　　會因為先前的經驗累積，就能更輕巧地放下、走開嗎？

　　每次的愛情都是不同的，因為戀愛的對象不同，所以並沒有一種「只要如何如何，就可以完美分手」的公式，每一次，都在兩人的相處中重新學習、獲得不同以往的體會，每次戀愛都是新的，所以每次的失戀也都是新的。

　　人的心時刻改變，一開始是好的甜的那麼愛的，後

來究竟發生了什麼事？為什麼最後兩個人還是就地解散了？

　　要怎麼去迴避／矯正／重寫使兩人分開的那些情節？

　　情感流失後，兩個擁抱的身體像是冰冷器械，進行重複的機械動作，想要藉此做出一些愛情，一個人，把另一個人鑿深，進入對方的裡面，的再裡面，的更裡面，直到發現裡面空無一物……，這個身體裡，並沒有住著一顆愛戀的心。

　　隨機採訪路人，請他們把愛情的複雜情節，簡化成幾句故事梗概，可能會得到這種抽樣結果：

　　「很久很久以前，我愛上了一個人，分手時我用新細明體字級 12 打字分手信給他，後來覺得應該選別的字體，這樣太像在寫報告了。」梳著空氣瀏海的女學生說。

「很久很久以前，愛過一個人，分手後，他欠我兩本絕版書沒有還我，已經 16 年了。」某出版社編輯忿忿地說。

「很久很久以前，我愛上一個人，但她說她更喜歡自己一個人生活。」趕搭捷運的上班族 J 先生，一邊說一邊推著不斷滑落鼻梁的黑框眼鏡。

「很久很久以前，我深愛一個人，那時我們經常一起想像，很久很久以後……」受訪者眼中流出眷戀的蜂蜜。

在一年尾聲、歲末之際，聯經傳來《戀人》這個故事，此時整個城市充滿年終結算、盤整、浮亂騷動之感，一邊讀《戀人》一邊感覺有什麼沉落下去，像是喧譁之中，目睹一片翠綠的新葉主動告別枝頭，落在許多枯舊的落葉之上。

這個故事以童話的方式書寫，談論的卻是大人世界的愛情。

童話經常帶有教育意味，〈龜兔賽跑〉說的是「勤勞」、勤能補拙。

　　〈湖中女神〉說的是「誠實」。

　　〈三隻小豬〉讚揚的仍是「勤勞」。

　　《戀人》雖然借用童話的口吻和角色設定，但它並非專門寫給孩子看的，也沒有什麼教育意味在其中，這是一個大人童話，用並不誇張、毫不渲染的語氣，訴說一個輕盈、帶有思考性的愛情故事：

　　「玫瑰的美麗，正是來自於它的傷。」

　　「當海浪撞到峭壁時，就會變成白色的碎浪。」

　　「海有因為浪碎，而消失嗎？」

　　「虛度的今日，正是昨日逝去的亡者曾經渴望的明日。」

　　「會遇到誰來填補我的人生？又是誰為了遇見我，正努力過著今天？」

　　「世間所有的事，顯然都可以靠努力來完成。不過

很不幸地，愛情有一部份似乎無法只是單靠努力。」

　　隨著故事主角「藍眼珠」的遭遇，作者帶出了對於愛情、死亡、生命、友誼的探問，我一邊讀一邊感覺：這是一個溫柔的人所寫下的澄明故事。

　　不需要帶著任何成見、不需要預設自己將會讀到什麼，放心的走進書裡建立的場景，這樣，當你讀到故事裡的提問時，心裡也會浮現，每一個屬於你自己的答案。

目次

作者的話

參拜過雲住寺的臥佛後往山下走，
就在佇立大雄殿前那個時候，
我突然發現，大雄殿廊簷下原本懸掛的
風鈴鯽魚少了一條，
只留下空蕩蕩的鐵絲線隨風搖晃。
我心中掛念著，那條魚是為什麼，
而又是飛向了哪裡，
於是寫下這一篇童話故事。
我終於領悟到，為什麼我的人生會颳風，
為什麼我會聽不見風鈴傳來的聲音，
而我存在的位置，又是哪裡。
最後，我原諒了自己。

一陣風吹來，
我把這篇童話送給雲住寺的風鈴，
也把它獻給相愛、
並成為彼此風鈴的所有戀人們。

參拜過雲住寺的臥佛，

在回程的路上，

你心中的廊簷一角，

也繫著風鈴回來了。

遠處的風吹來，

如果聽見風鈴聲，

要知道，那是我思念的心

去到了那裡。

—— 鄭浩承〈繫著風鈴〉

自由

愛情的風鈴聲

隨風飄來的一枚松葉，輕觸我的身體後，掉落地上。那是從圍繞臥佛的那片松林中，飄過來的新綠吧。在松葉落地前，我正對著天空的蔚藍，傳遞叮噹叮噹的鈴聲。我的身體，隨著引領松葉而來的風搖晃，一直在等候我擺動的十字小鈴錘也跟著搖晃。鈴錘奮力撞擊風鈴的下半部，於是我化身為叮噹的清脆響音，靜謐地傳遍山寺每個角落。

　　我的響音，落在大雄殿後山岩縫中冒出的草葉上，接著再碰觸供佛碗。在春天，我會發出竹林中竹筍冒出的聲音；在秋天，會發出落葉結霜的聲音；在冬天，

會發出踏過雪中小徑的孤寂腳步聲。不只一、兩位師父說過，若是沒聽見我的聲音，晚上就無法入睡。來到寺裡的訪客也説過，一旦沒聽見我的聲音，心中就難以平靜，思緒會先轉頭往寺外飄去。

風一吹就隨之搖晃，發出清亮而透澈的響音。這樣的我，無人不愛。就連城市裡也有人將我掛在陽臺上，等待風起的時候。

看到這裡，或許已經有人知道，我就是掛在全羅南道和順郡雲住寺大雄殿西側廊簷下的風鈴鯽魚。雖然是薄銅片做的，但我的體內卻流著清澈的血液。魚尾栩栩生動，即便是從遠方吹來的微風，都能讓魚鰭片晃動，宛若就要飛入空中一般。當然我有個美麗的名字叫「藍眼珠」，掛在東側廊簷下的風鈴鯽魚也有名字，他叫「黑眼珠」。

黑眼珠和我的相遇，是因首爾曹溪寺裡的一位師父而起。當時我孤單地掛在一家釘有「佛教百貨店」招牌的店舖天花板上。還記得是某一天午後，街頭的銀杏葉

已經長出如手指甲般大小，一位師父走進店裡，輕輕碰了我的身體。我發出一下聲響，師父很快就跟店舖主人說要把我買下來。

「正好可以掛在雲住寺的大雄殿，聲音很好聽，無執師父應該會喜歡。」

師父對店主人這樣說，嘴角還浮現滿意的微笑。

我還來不及明白那微笑代表什麼意思，就立刻被從天花板取下，用淡粉紅的韓紙包裹得精緻美麗。

就在我即將被韓紙包覆之前，竟發生一件令人意想不到的事。店舖女主人打開堆滿佛教物品的倉庫門，拿出另一個跟我長得一模一樣的風鈴鯽魚，放在桌子上。

我驚訝到快喘不過氣來。從沒想到過，會有個外表和我相同的傢伙，被層層的報紙捲住，藏在塵封的倉庫裡面。

當時在太過孤單之餘，我總想要思念著誰，我懇切祈禱能有一段相守終生的真正相遇。好想知道，會遇到誰來填補我的人生？又是誰為了遇見我，正努力過著今

天？

　　我們的生活，會隨著所遇見的人，而呈現不同的形態。生活是相遇與分離拼貼出來的馬賽克，我的生活卻連最初的相遇都未完成。沒想竟然有和我一樣的風鈴鯽魚被塞在倉庫裡，只為了等待與我相遇，這怎能不令人吃驚？

　　「你好！」

　　我壓抑顫抖的心，對著他搖尾巴。

　　「妳好！」

　　他抖落鱗片上的薄塵，也對我搖起尾巴。

　　我的瞳孔，是秋日天空般的蔚藍；相較之下，他的瞳孔像是深夜散發的黑暗。

　　「看來得先取個名字。妳是藍眼珠凸出的鯽魚，叫『藍眼珠』；你是黑眼珠凸出的鯽魚，就叫『黑眼珠』。」

　　師父取好名字後，立即將我們裝入灰色的網袋裡。

　　我們才剛相遇，就這樣進入師父的網袋裡。能遇見使自己生命完整的真正伴侶，讓我沉浸在喜悅之中，至

於網袋裡會不會沉悶，我全然沒有注意。曾經殷切祈禱的一段相遇，終於完成，現在只覺得滿心感謝。

「別吵架，要彼此照顧。」

在雲住寺大雄殿的西側廊簷掛上風鈴的那一天，師父對我們這麼說。

從那天起，我們成為雲住寺大雄殿一隅的風景，日日看著對方，伴隨著風鈴聲。

至今我仍然無法忘記，與黑眼珠初見時怦然心動的一刻；也無法忘記，在師父網袋中被他擁抱時無盡的暖意。

相遇是神祕的，愛情也是神祕的。透過相遇，每個人開始寫下自己生命中的神話。

當風穿越松林而來時，我的聲音會散發松葉的氣
味；當颳起沙塵時，會散發從田間捲入的全羅道黃土味。
春天捎來的花信風，是杜鵑花瓣的味道；秋天的風輕拂
過楓葉，我的聲音就隱約帶著楓葉的味道。

　　從全羅道和順郡來到雲住寺的人，都知道這些事。
只要聽我的風鈴聲，他們就能知道全羅道正吹著什麼樣
的風。

　　各式各樣的風當中，我最喜歡春天的風。每當春風
吹起時，總能讓人感受到生命的氣息。

　　今天吹的是春風，一片杜鵑花瓣飄落在我身上，久

久不肯離去。所以我身上也散發出杜鵑花的味道。

　　不過我心中卻覺得寂寞。像一個躲在松樹後面目送男人遠離的女子一樣，連雙手整齊擺在胸前、沉默站立的石佛，祂的衣角也感受到了寂寞。傳聞千餘年前，雲住寺有位神通廣大的師父在一夜之間建造了千佛千塔，祂們都到哪裡去了呢？

　　即使現在和黑眼珠一起，我還是感到寂寞。因為寂寞，所以隨著風晃動。偏偏今天，連守護臥佛的侍衛佛和蓮花塔都不見蹤影。

　　總之，黑眼珠變心了。不知從何時起，他對我的態度變得無心。只有在風吹來時，會照例晃動身體；當天空絢爛時，會像小狗一般眨著眼，其他時候，都是面無表情。即使我特別發出只有他能聽見的風鈴聲，音色就像玄鶴琴（譯註：韓半島傳統的彈撥弦鳴樂器。）一樣，他也裝作沒聽見。

　　這種事以前不曾發生過，連原本該遵守的承諾，如今他也不在乎了。說好要珍藏白晝映照在大雄殿前的陽

光，等黑夜氣溫下降後再送給我，這個約定他沒有遵守；說好要收藏美麗的十月星空在夜裡所灑下的星光，等隔日我感到孤單時再傳遞給我，這個約定也沒有遵守。我們還互相承諾，要在流星消逝於地平線彼端之前，互相為對方許願，最後還是沒有許願。

現在他幾乎不再喊我的名字。就算要喊我「藍眼珠啊」，話裡也感受不到一絲情意。在以往，當早晨落下覆蓋雲住寺的皚皚初雪時，他會高喊著「藍眼珠啊！快起床，快點。是初雪，初雪啊！」，這樣的讚嘆聲現在也聽不到了。

不過當他望著掛在毗盧殿廊簷下的紅眼珠時，他的眼神卻有些不同，那正是以前看著我時曾經閃過的多情眼神。有時風停了，四下靜謐，他的眼神必然像是準備射向紅眼珠的箭矢一般，定住不動。或許他愛上了紅眼珠也說不定。

愛情，重要的就是此刻。所謂的愛，需要有智慧去懂得珍惜此刻的心。啊，不過黑眼珠實在也變太多了。

難道世間就沒有不失初心、恆常不變的愛嗎？

我們初次見面那一天，在師父的網袋裡也沒事先約好，就分享了彼此的身體和情意啊。掛上雲住寺廊簷的第一天，師父親手持著錘子把風鈴掛在廊簷下的那一天，我們不知有多興奮，還發出了如秋日天空般明亮清澈的響音。那一夜的月光下，被稱為石佛的石佛們，聽到我們的風鈴聲，不也都歡欣鼓舞嗎？「你們已經成為一體，要彼此互愛度日。」師父一邊說，一邊輕撫著我們，他燦爛的笑容，黑眼珠你已經忘了嗎？

天空依然陰沉，料峭的春風繼續吹著，我想依偎在黑眼珠的胸膛，讓他融化我冰涼的身軀。不過黑眼珠卻只是無心地，隨塵沙揚起的春寒風搖晃。

到處都還有未融的堆雪。我看到踩踏殘雪來到雲住寺的人們，參加瓦片祈願佛事的模樣。一名年輕女子在瓦片上，用白色字跡充滿古意地寫著「所願成就」。她所願的是什麼？她也祈願能夠遇到真正填滿自己一生的人嗎？

鳥飛走了，我想成為在空中翱翔的飛魚。高句麗壁畫裡的魚，在天空中飛來飛去，我也想成為在藍天下任意飛翔的魚。像這種只能掛在屋簷下的生活，不是真的生活。

歲月流逝，我和黑眼珠相處至今，又是一段漫長的
時光過去了。不過我依然掛在雲住寺大雄殿的廊簷下。
春天來了，吹著涼風；冬天到了，颳起暴風雪。儘管如
此，我還是過著一成不變的日子。

　　我的生活枯燥無味，要忍受這樣的無趣，是種極大
的痛苦。沒有夢想地過著每一天，這種日子愈來愈多。
「虛度的今日，正是昨日逝去的亡者曾經渴望的明日」，
這點我明白。但是空虛的時間愈來愈長，難道沒有比掛
在屋簷下更好的生活嗎？

就這樣又過了幾年。孤獨與煩悶的痛苦日漸加深，愈是如此，我就會為了愛黑眼珠而更努力。到了晚上，只要新月一躲進雲層裡，我會伸長手，愛撫他最敏感的性感帶──胸鰭；當晨星一顆顆消失，我會把原本抱在胸口、最亮的星星，細心地傳遞給他。

　　愛情一定也需要努力，世間所有的事，顯然都可以靠努力來完成。不過很不幸地，愛情有一部分似乎無法只是單靠努力。

　　「我不懂為什麼，我們的愛那樣不冷不熱，心意無法流通。現在我連牽你的手，都沒有感覺了。」

　　只要我這麼說，黑眼珠就會告訴我：「長久的愛情，原本就是如此。」然後沉默良久。

　　「你怎麼不說話？」

　　我受不了他的沉默，一邊搖晃著尾巴，一邊鬧脾氣。這時他才開口說：

　　「最初相愛時，本來就會有很多話要說。但是長久的愛情，是在沉默中實現的。」

他老是這樣，我常對這樣的他感到不滿。

「我們這樣不是愛，也不算不愛。」

某一天晚上，我把已經昏睡的他喊醒。如果生活終究是相遇和分離的拼圖，與其這樣過日子，我想還是寧可分手比較好，於是急著把他叫醒。

「黑眼珠啊，我們分手吧，這樣似乎比較好。隱藏彼此的感情是不對的。再繼續這樣一起生活，只是在浪費生命。我不想要這樣過一輩子。」

我用顫抖的聲音，把這些話說了一回，感覺好像分手是理所當然的事。

「黑眼珠啊！愛應該要像日照一樣溫暖，像陽光一樣發燙發熱啊。但是你的愛，卻像即將乾去的鳥糞。那種乾涸、生膩的愛，已經不是愛情。你可曾見過有鳥兒飛來，停留在已死的枯木上？不相愛的雙方一起生活，是一種罪惡。只有相愛的人，才有資格共同生活。」

關於分手的提議，我再重提一次。

他沉默不說話。不管我怎麼提分手的事，他只是嘴

邊帶著微笑。

「我們又不曾在證人面前辦過婚禮，我們隨時都可以分手。」

我受不了他的沉默，開始放聲大叫。黑眼珠這時才像要喝蓮花池裡的水似地，稍微把嘴張開了一點。

「藍眼珠啊，妳難道忘了，我們被掛上廊簷的那一刻嗎？那一刻就是我們的結婚典禮啊。天和風、草，鳥兒和雲、花兒們，全都為我們的婚禮獻上祝福，他們都是我們婚禮的見證人。看來妳完全誤會了。」

「我沒有誤會。但這哪是什麼結婚？」

「魚結婚本來就是那樣。所謂結婚，不是用嘴巴說，而是要像我們一樣生活在一起，這就叫結婚。所以不要再提分手的事。生活中有些部分是已經確定的。」

「不，才不是。所謂的生活，是由自己創造的。沒有什麼是規定好或已經確定的。尤其愛情，更是如此。」

「不是的，我們的愛情，是生活中已經確定的部分。否則連我們的相遇，甚至連我們這麼長久的愛情，

都不會發生。遇見妳，是我生命中最重大的事件，也是最大的喜悅。光是和妳在一起這件事，就足以讓我心懷喜悅和感謝。」

黑眼珠的眼神像黑珍珠一樣閃閃發光，和平日不同。

「這些話，是真的嗎？」

「是真的啊。」

「才不是，這些都是騙人的。你說愛我，那怎麼可以這麼無心，讓我度過無數孤獨的夜晚。」

我生氣了，狠狠地說著。皎潔的月亮正在升起。

「不是無心，我只是想維持日常的生活而已。愈長久的愛情，愈不可能再像當初一樣有酥麻的感覺，但也只不過是看起來面無表情和變得安靜罷了。再怎麼迷人的香氣，如果遲遲不消散，聞久了也會變臭。要隱隱地散去，才是真正的香，愛情也一樣。愛情時間一久，兩人就會像一輩子的朋友，產生某種像友情之類的感覺。」

黑眼珠說的沒錯，我這時才開始閉口。依照黑眼珠

的話，愛情不是用嘴巴說的。那麼，分手同樣也不是用
嘴巴說的吧。

「藍眼珠啊！妳懂什麼叫分手嗎？分手就和死沒兩樣啊。」

　　我思考著他的這句話，然後一年又過去了。

　　在這一年當中，他和以前沒什麼太大的不同。依然不會想擁抱我，而且同樣在星星入睡前，比我還早進入夢鄉。

　　每晚，我都是孤單地望著星星睡去。不，是孤單地望著星星，同時搖了整夜風鈴聲。我好孤獨，黑眼珠不懂我的孤獨。

　　「我了解妳。所謂的愛，就是一份了解。可以說了

解有多深，愛就有多深。」

　　話雖如此，但黑眼珠並不了解我，而我也不了解他。

　　「我們還是可以擁有各自的生活，可以過比現在更好的生活。」

　　寒涼的春風一吹起，我又再度向他提出分手。

　　「藍眼珠啊！我們除了這種生活外，還需要什麼樣的生活呢？隨著風的心情晃動，發出美麗的風鈴聲，帶給鄰居快樂，這就是我們生活中最重要的事啊。」

　　他的語氣平靜且多情，只不過對我的愛已經冷卻。

　　「才不是呢。黑眼珠啊，不只那樣，我想要飛上天空，想要倏地離開，前往某個地方。像這樣掛在這裡生活，已讓我感到疲累。我開始夢想，有一天能在藍天下盡情飛翔，我不想放棄這個夢想。夢想有多大，生活就有多寬廣。可是，為什麼你沒有夢想呢？為什麼你會安於掛在這裡的生活呢？」

　　「為什麼我沒有夢想？我的夢想就是像這樣，一

邊愛著妳，一邊為鄰居帶來快樂，平凡度日。妳雖然覺得這些是小事，不是什麼了不起的夢想，但在我的想法裡，這就是世界上最大的夢想。我希望妳能和我有共同的夢想。」

「不要。這只是你自己的夢想，我不想成為你的夢想同伴。你如果真的愛我，就應該要幫我完成我的夢想。」

黑眼珠無語地望著我好一會兒。新月下山，我開始聽到雨滴聲。或許是因為這樣，我突然發現他眼底凝結著像是悲傷的水氣。

「妳是說，我，如果真的，愛妳的話？」

「是啊。如果真的愛我的話。」

我馬上就回話了。

起風了，雨滴逐漸變粗。

黑眼珠似乎很痛苦。他把身體整個交給風雨，劇烈地晃著。這是我第一次見到，他讓身體任由暴風擺佈，那般劇烈搖晃的模樣。

風雨沒有停歇，我好想穿過風雨，飛到某個地方。
難道我的生命中，找不到真正的出口？

　　我伸長脖子探頭，仰望南方的山脊，想看看臥佛是
否已經起身散步。長13公尺的巨大岩盤上，有一對尚未
完成、躺臥的石佛。我知道，這對夫妻佛很喜歡在四下
無人時，牽著手去散步。太陽升起前，無等山上才剛破
曉，夫妻佛就會起身，到松林間的小路散步。光是遠遠
看著這一對臥佛，都能讓我心情感到激動。

　　大概因為今天下雨的緣故，臥佛沒有起身散步，
淋著雨躺在那裡。但是老公佛略略往老婆佛那裡翻身靠

著，還牽著太太一側的手。

「臥佛，您為什麼要那樣牽著手？」

我用被雨打濕的聲音，向臥佛請問。

「我怕太太淋到冰冷的雨水會發抖，所以想幫她擋雨。不管下雨還是下雪，千年以來我一直都這麼做。」

突然間，我的思緒開始恍惚。因為我沒有想到，老公佛竟然那麼愛老婆佛。

「這麼說來，這就是所謂的愛情？」

「是啊，愛情就是這麼回事。藍眼珠，你知道為什麼經過千年了，我還是一尊未完成的佛嗎？」

我不知該回答什麼，只能靜靜閉著嘴。臥佛沒有等我的答案，繼續說著。

「原因就是愛情還未完成。這個世界沒有任何愛情是完成的，只有想要完成愛情的過程而已……。那個過程的連續，就是愛情。」

臥佛繼續抬著手，擋住落下的雨水。冰涼的雨水冷冷地落在臥佛手背上，他也絲毫不以為意。

「臥佛，所謂的分手，又是什麼呢？」

下定決心要和黑眼珠分手後，真實的恐懼就浮上心頭了。我問臥佛，要怎麼做，才能擺脫分手的恐懼？

「所謂的分手，是想見面時也見不到啊。」

「見不到人，會令人這麼恐懼嗎？」

「只要還想見對方，分手就會讓人恐懼。但是有相遇，就一定有分手。不要太過害怕分手。分手再相遇，也是我們的人生啊。」

雨持續下著。春雨落下的雨滴，粗大到帶有幾分淒涼。

就算和黑眼珠分手，我應該也不會想要再見他。如果害怕分手，是因為心裡還想要見對方，那麼只要不想見到對方，應該就能擺脫分手的恐懼了。

「臥佛，有時我寧可化成搖晃風鈴的風。」

「那是因為妳忘了自己的本分。花如果想成為根，那它還能做什麼呢？」

「話雖如此，但懸掛在一個地方的生活，太痛苦

了。」

「問題在於妳的心啊。」

「有時候我想變成飛魚，啪啪展翅飛向天空。該怎麼做，才能擺脫被懸掛的生活，得到最大的自由呢？」

「那也是在於妳的一己之心，問題出在妳並未真心希望如此。」

「臥佛，您說我不是真心希望如此？可是並非像您所說的這樣啊。」

我將雙手誠心地聚在胸前，就像石佛一樣，然後抬頭仰望著臥佛。

「不，妳還不是真心想要如此。」

老公佛依然沒有把手放下，祂一邊擋住朝老婆佛臉上落下的雨滴，一邊用憐憫的眼光俯視我。

「我問妳一件事。現在起風了，兩名僧侶看到旗子在飄，然後兩人鬥起了嘴。一名僧侶說：『不是風在動，是旗子在動。』；另一名僧侶說：『不是旗子在動，是風在動。』。妳認為應該是誰說的對呢？」

「這個嘛⋯。」

我一時回答不出來。不過想到自己就是一串風鈴，要回答這個問題也不是那麼困難。

「是旗子在動。就像風一吹，身為風鈴的我就會動，一樣的道理。」

「真的是這樣嗎？」

「是這樣的。」

「不，不是風在動，也不是旗子在動。這一切，不過只是鬥嘴的僧侶們心在動而已。」

聽完臥佛這番話，我不由低下了頭。黑夜過去，東方開始泛白，眼前慢慢地明亮了起來。

問題存乎於我的心。我若是真心想成為飛魚，我若是真心祈願獲得最大的自由，這一切就能實現，臥佛對我這麼說。可是我不知道該怎麼做，才能讓這一切成為我真心的想望。

　　雨停了，風中帶著清香。我依然掛在廊簷一角，隨著新綠的風擺動。儘管春天來訪，黑眼珠仍是用漫不經心的眼神望著我。

　　不過在我心中，已經點亮了一盞燈。雖然還沒找到方法，但是只要一想到「我若是真心祈願，那些事就能實現」，心中就會挑出燈芯，使那盞燈火常保不滅。

有一天，飛來一隻燕子，用嘴喙輕輕碰我。

「我想在雲住寺屋簷下築巢，可以嗎？」

燕子望著我，瞳孔裡反射出我隨風晃動的模樣。

「沒關係，你就來築吧。」

我搖晃欣喜的身軀，發出花草綻放的聲音。

「真的沒關係嗎？師父們不會反對嗎？在神聖潔淨的地方築巢，如果惹他們生氣，該怎麼辦？」

「不，不會的。他們反而會很高興。」

「不，也許不是這樣。」

燕子似乎很擔心，一時難以決定，不斷在屋簷下四處盤旋。

「那我向臥佛請示看看。」

我伸長脖子朝南方山脊探頭，望向臥佛。

臥佛稍微起身，點了兩、三下頭。

「祂說可以。雖然不曾有誰來這裡蓋過屋子，但是祂說別擔心，就蓋吧。」

「謝啦。」

燕子再度用嘴喙輕輕敲我，然後就飛走了。

在等待燕子返回的期間，我的心又新亮起一盞燈。懇切等待著誰，這種感覺就像在心底點亮了一盞燈。

過了幾天，燕子才帶另一半回來，開始勤奮地築巢。不知是從哪裡銜來的，總之每天嘴邊都會叼著泥土、碎草、細小的樹枝來回幾十趟，開始築起了巢。

燕子開始築巢後，清晨禮佛的雲住寺眾僧侶臉上，也變得和顏悅色。大概是想起了所來之處的故鄉吧，大家嘴角都浮現一抹靜默的微笑。就連黑眼珠在看我時的渙散眼神，也像初見當時一樣，閃著光芒。

就在燕巢完成的那一天，我為燕子發出這段期間最為珍惜、像草葉音一般的風鈴聲。

燕子下完蛋後，又繼續在藍天下飛來飛去。我羨慕可以在藍天下盡情飛翔的燕子。

蛋一孵出，燕子更勤快地在空中飛。不知是從哪裡銜來的，總之會在黑夜降臨之際銜著蟲子回來，傳到小燕子的嘴裡。每當母燕子嘴含食物回來，小燕子們就會

張大口，互相嘰喳爭食。我聽到那個聲音，感覺比黑眼珠發出的風鈴聲還悅耳。

就在某一天，和煦的春風吹過無等山，雲住寺的石佛正睏倦地享受午睡時光。我用心地放輕風鈴聲，盡可能不把石佛從睡夢中吵醒，同時望向對面的燕子。

燕巢裡有一隻小燕子正把頭伸出巢外，想要看大雄殿的前院。母燕子不見蹤影，不知飛去哪裡覓食。小燕子才剛要長毛，模樣可愛極了。

我觀察小燕子的舉動好一會兒，突然間產生一個念頭，希望自己也能生個那麼可愛的孩子，當個好媽媽。

就在此時，大概是因為肚子餓，不然就是想念還未返巢的媽媽，有一隻小燕子把頭探出來，身體失去了平衡，眼見就要掉落到巢外。

那一瞬間，我的身體朝小燕子飛去，一心只想著要救小燕子。幸好在小燕子快要掉落到大雄殿石階之前，我抓住了小燕子的手。

小燕子受到驚嚇，嚎啕大哭起來。

「別哭啊！沒事，沒事。媽媽馬上就回來了。」

我抱好小燕子，輕輕放回燕巢裡。

但是，有件事真的很奇怪。在朝小燕子飛去的當下，我還來不及意識到這一切。那就是我的身體和心，竟感到無比的輕盈和自由。

我急忙看著我原本繫掛的廊簷角，此刻的廊簷角掛的是鯽魚已經脫落的風鈴。那裡沒有魚，只剩曾經綁住魚的鐵絲線，正叮叮噹噹地隨風晃動。

啊，我剛才飛上天空了！我終於成為飛魚，脫離掛在廊簷下的生活。在決心要救小燕子的一念之間，在我奮力奔向大雄殿前院時，原本繫住背鰭的鐵絲線就斷落了。

我直覺感到，必須與黑眼珠告別的一刻到來了。我一飛到空中，黑眼珠的黑眼珠更加凸出，臉上帶著驚惶的表情。

「再見。」

我在大雄殿的廊簷下繞了一圈，向黑眼珠道別。

「這到底是怎麼回事？」

「我變成飛魚了。你看，我可以像這樣飛了。」

我給黑眼珠看我飛來飛去的模樣。我愈是動，背鰭就會變成翅膀，帶著我移動。黑眼珠嚇到嘴巴無法合攏。

「我要離開這裡。」

「妳要離開？！」

「別留我，這是我真正想做的事。」

「妳到底要去哪裡？」

「在那段日子裡，我只是不知道方法，才會一直被綁著。不過現在我已經是自由之身，得到最大的自由了。我終於明白，當真心為其他人付出時，我就能得到自己想要的東西。」

我快速朝佇立在大雄殿前院的石燈飛去。

「藍眼珠，妳別走！妳是住在這裡的啊。」

黑眼珠大聲喊著我，我頭也不回，彷彿永遠不會再回來。

「藍眼珠,我叫妳別走啊⋯⋯!」

黑眼珠的哭聲傳到了耳邊。

我飛離大雄殿的前院。因為不知何時能再見,所以我朝南方山脊飛去,想向臥佛拜別辭行。

「臥佛,我要離開這裡,去別的地方了。我要到更寬廣的世界,當一條真正的魚。」

「去吧!妳得到大自由了!不過要小心,自由,會伴隨著責任。有什麼話想要說的,隨時隨地都可以說,再遠的地方,我都能聽見。」

老公佛將原本給老婆佛當枕頭的手臂抽出,朝我揮了揮手。

「想回來的話,隨時都可以回來,我會等著妳。即使分隔兩地,至少我的心會一直與妳同在。」

耳邊傳來的聲音,隱隱夾雜著黑眼珠的哭泣聲。

我裝作沒聽見,離開了雲住寺,離開我曾經愛過的黑眼珠身邊。

能飛翔的生活，讓我感到興奮。因為太興奮，我連要飛去哪裡都不知道。雲住寺即將從我的視野中消失，和順邑（譯註：雲住寺所在地，位於全羅南道的和順郡。）也已經看不到。我又高又遠地飛了好一會兒。

　　「藍眼珠啊！」

　　有人在叫我。

　　「妳要去哪裡呢？」

　　我回頭看，原來是曾經搖晃風鈴的風。

　　「我也不知道。」

　　這時候我才發現，我只顧著高興自己終於可以飛

了。

　　慢慢讓自己的心定下來，周圍的景象也開始一點一
滴映入眼簾。我正飛在一處可以俯視智異山的天空中，
蟾津江就像是有人用鉛筆描繪出的白色細長曲線。

　　啊，我渾然未覺，已經飛那麼高了。

　　我突然感到害怕，一陣茫然，不知該飛往哪裡。

「風兒啊，我該往哪裡飛呢？」

「妳想去哪裡？」

大概看出我的極度不安，風把我的手抓得好緊。

「嗯，我只想著追求飛翔的人生而已，還沒做好什麼計畫。」

「那麼，妳現在好好想一想，要去什麼地方？因為

是第一次，只有這一次，我可以帶妳去。」

「嗯，我沒有想到，離開會令人如此恐懼。」

「哈哈，不要太過恐懼。這件事，任何人碰到都會害怕。不管是誰，沒有一種生活是不令人恐懼的。」

風一邊大聲地咯咯笑，一邊推著我的背。

我突然想起了海。那時晃動風鈴的風，身上偶爾會沾著海的味道。

「對了！海，我想看海。風兒啊，教教我怎麼去看海。」

我再度激動起來，大聲喊著。

「嗯，好。就算只是看著海，妳也足以找到生命展翅的意義了。」

風再度推著我的背。

我甩開恐懼，開始朝大海飛去。

往大海去的路途遙遠，路斷了又通，通了又斷。

不知飛了多久。

翅膀感到有些發軟。自主在空中翱翔的生活，比起

被動掛在廊簷下的生活，還費力好幾倍。為了得到想要的東西，而在過程中經歷忍耐與等待，這些都比不上為了守護已得到的東西，來得辛苦。

我拿出力量，提起勇氣。現在沒有人可以幫我，風也只是指點往海邊去的路，連風什麼時候離開的，我都沒看見。

不知又飛了多久。

我開始聞到海水的腥味了，就是偶爾風會帶來雲住寺的那個味道。才剛聞到，瞬間大海已在眼前。

看到大海的那一刻，我不覺發出「哇！」一聲驚嘆。大海，宛如像是被誰抖落的一大片絲綢布。

我稍微往下，靠大海近一些。海浪撩起的恬靜漣漪，在陽光下顯得波光粼粼。這時候我才真實感覺到，自己已經脫離被繫綁的生活，而且能盡情飛翔。

我朝著大海再往下飛，飛得愈低，海浪的聲音愈清晰。峭壁上有一棵面向海平面的松樹，當海浪將自己拋向峭壁時，就會發出最美的聲音。我輕輕地降落到峭壁

端，和松樹一起望著海平面。

　　日落之際，海平面上一朵朵火紅的蓮花正在盛開。
起初像是有人悄悄地拖曳海平面，讓蓮花在空中一朵接
一朵綻放。等時間慢慢經過，海平面上就會燃起熊熊烈
火，將蓮花燒盡。

　　「海平面的那一端，有什麼呢？到底是什麼，能讓
太陽在海平面的那一頭消失？」

　　我失魂地望著海平面上的火焰，喃喃自語。

　　才剛說完，一隻蹲坐在松樹上的東方環頸鴴開口回
答。

　　「海平面的那一端有島啊。」

　　「有島？！什麼是『島』？」

　　「島就像擺在海與海之間的小石頭，它能讓海變得
更美麗。海因為有了島而美麗。」

　　鳥的身圍與我差不多，胸口跟我一樣是銀白色，即
使初次見面，也感覺像是要好的朋友。

　　「島離這裡很遠嗎？」

「很遠。那個地方，連住海邊的我要去都不容易，但是我去過。媽媽曾經叫我別去，她說往海上飛會死。但是我瞞著媽媽去過，真的差一點就死了。不管飛多久，都看不到海的盡頭。飛了又飛，還是只有看到海平面。就在我的翅膀氣力耗盡、即將墜落死亡之前，島出現了。海中有島！如果海中沒有島，我恐怕早就死了。我的朋友們認為朝海上飛會死，我告訴他們海中有島，不過他們都沒有勇氣，沒有人想去那座島。所以我正在找機會，要獨自去那座島。」

　　東方環頸鴴彷彿想要立即展翅，朝海面上飛去。

　　「那就和我一起去吧。」

　　我想要去那一座讓海更美麗的島。

　　「好，一起去。」

　　他從北邊的樹梢，移動到南邊的樹枝上蹲坐下來，表示同意。

　　第二天早晨，當太陽一升起時，我和東方環頸鴴就以松樹枝頭所指之地為方向，朝海面飛去。

海上光芒耀眼，我突然心想，多麼希望能和黑眼珠一起在海上飛。不過我很快就甩開這個念頭。

　　東方環頸鴴飛得很快，我慌張地跟在他後面。然而，就在我們還沒完全飛離海岸邊的峭壁之時，突然出現一隻青灰色的老鷹。老鷹像轟炸機一樣，一下子疾速下降，一下子又飛快上升，緊接著就猛然向我飛過來。

　　那一瞬間，我後悔離開了雲住寺。啊，一想到就要死在這裡，我開始茫然不知所措。

　　我使盡力氣，轉頭飛向峭壁。老鷹的速度絲毫沒有減慢，也跟著轉向往峭壁飛。牠的速度極快，大概是一經瞄準的獵物，就絕對不放手。我再度轉彎，朝峭壁的相反方向飛去。一側身，彎向海平面的一邊。

　　就在這時候。

　　「快逃！快點！」

　　東方環頸鴴急忙朝老鷹飛去，同時慌張地大喊。

　　我又再度轉向，朝峭壁方向飛去。這時，我看到東方環頸鴴的翅膀內側已被老鷹的利爪鉤到。

啊，這一切發生的太突然。原本要追擊我的老鷹，在空中攫住了取代我的東方環頸鴴，然後飛到峭壁上。接著，就用銳利的腳爪及嘴喙，開始撕食東方環頸鴴的胸和肚。

　　我好害怕，怕老鷹會從某個地方再度出現攻擊我。我丟下全身被撕裂、血流如注而瀕臨死亡的東方環頸鴴，慌忙地飛向海的另一邊。

　　不知飛了多久。

　　我再度看到了智異山。在眼睛下方的遠處，也看到蟾津江像一條細長的白線，蜿蜒流過。

　　看到蟾津江後，心情才稍微平靜下來。我降落在能將蟾津江一覽無遺的蟾湖亭亭頂，俯視著蟾津江。直到這時，眼淚才開始在眼眶裡打轉。腦海浮現被老鷹攫走時，東方環頸鴴奮力拍動的小翅膀。

　　東方環頸鴴為什麼要為了我，拋棄自己的性命？為了他，我應該要做些什麼？莫非東方環頸鴴，就是我心中想去的那座島？

夜色漸深，我坐在蟾湖亭上遠遠望著蟾津江。在智
異山靠求禮市的那一側，傳來了布穀鳥的叫聲。

早晨一如往常，天色明亮。蟾津江銀白的水面，在陽光下依然閃亮耀眼。我還呆呆坐在蟾湖亭頂，望著蟾津江上的水波紋。第一次看到海，已經足以讓我感到衝擊；但是目睹東方環頸鴴的死亡，又是另一個衝擊。

　死亡是什麼？為什麼生命中有死亡？

　我整夜無法入睡，也無法跟星星說半句話。在離開雲住寺之後，我第一件經歷的事不是愛，而是死亡。

　住在雲住寺廊簷下時，我從未想過死亡這件事。雖然石佛和石塔邊的花開與花謝，我已看過無數次，但是我不曾聯想過那是死亡。

我不知道該飛去哪裡，只好在蟾湖亭的亭子上度過好幾晚。下午稍晚肚子餓時，我會跑去蟾津江喝幾口水後再回來。

　　時間過去了。每一晚，星星都會像蟾津江的沙粒一樣，在夜空中發出光芒。愈是光亮，時間過得愈快。

　　此刻，差不多該是要離開蟾湖亭的時候。但是參不透死亡，似乎就參不透生活，這樣不管去到哪裡，都是寸步難行。

　　有一天晚上，我靜靜地向星星請託，請他們幫我呼喚臥佛。

　　臥佛化身為星光，很快就找到我。

　　「臥佛，死亡是什麼？」

　　都還來不及請安，我就先說出心底最想問的話。

　　臥佛無語，過了好一會兒才俯視著我。

　　「當妳還是雲住寺的風鈴時，是不是也曾有過不起風的日子？」

　　沉默良久之後，臥佛化身的星光開口了。

「是的，有。」

「當風短暫停歇時，妳有想過那是風的死亡嗎？」

「沒有。我沒有想過。」

「風一旦停了，是不是就不會再起風了？」

「不，風很快就會再來的。」

「妳瞧，死亡也是那樣。風只是暫時停歇，但風並沒有死。這是妳第一次看到海吧？」

「是的。我看到海了。」

「有看到海浪嗎？」

「是的，有看到海浪。」

「海浪有被打碎嗎？」

「有的。當海浪撞到峭壁時，就會變成白色的碎浪。」

「海有因為浪碎，而消失嗎？」

「沒有。海依然是海。」

「妳瞧，死亡也是一樣，跟海浪一樣。就算海浪濺落，海還是不變。生命，並不會因為死亡而消失。就像

海浪只是海的一部分，死亡也只是生命的一部分。所以不要太悲傷，去尋找大自由吧。」

臥佛化身的星光，此時更顯光亮。

我仰望那道星光，似乎能夠稍微理解死亡。風沒有吹，但是風並沒有死，這是我當風鈴時經常碰到的事。有時風停了，但是過一會兒又突然吹起，讓我可以發出風鈴聲。

我沒辦法停下來，又繼續丟出了一個問題。

「但是臥佛，為什麼生命中一定會有死亡？」

臥佛的星光再度無語，過了許久才開口說：

「死亡，終究還是為了生命。沒有死亡，我們的生命就不可能存在。因為有死亡，大家才能像這樣地活著。死亡是生命的果，生命則是死亡的因。」

「但是臥佛，我不明白，東方環頸鴴為什麼要代替我死？東方環頸鴴為什麼要救我，然後自己去送死？」

「這一點，妳自己好好想一想。妳也到了該明白生與死的時候了。」

臥佛化身的星光消失了，群星又開始默默地發出光芒。

　　我想著臥佛化身的星光，一直到入睡。在睡夢中，我遠遠聽到蟾津江江水輾轉反側、流向大海的聲音。

太陽從蟾津江的鐵橋上方升起。在太陽升起的蟾津江鐵橋上，有火車經過。我跟著火車飛了一段路，送火車獨行後，又折回到蟾湖亭前方空地的石碑旁坐著，然後試著慢慢吟詠碑上一首名為〈河東浦口〉的詩。

河東浦口八十里，
海鳥鳴叫；
在河東浦口八十里，
月亮升起．
蟾津江石階上方，

寫詩的人，

是故鄉在何處的

風流雅客？

　　我逐字細看，發出聲音朗讀。風流雅客，應該是指
別有風采、瀟灑倜儻的年輕男子，我腦海裡不禁浮現，
在蟾湖亭石階上題著詩的年輕詩人模樣。

　　「嗯，朗讀詩的聲音很美，就像清脆的風鈴聲一
般。」

　　這時一名年輕男子走過來，跟我搭訕。

　　「您，您是哪位？」

　　我在詩碑前，猛然往後大退一步。不知為什麼，和
人說話之前常會感到害怕。

　　「不要害怕。我就是剛才妳朗讀的那首詩，也就是
那個詩碑上，寫那首詩的人。」

　　他個子較小，戴著圓金框眼鏡，披著藍色外套。

　　「不過，像妳這樣的魚，我還是第一次碰到。」

他仔細打量我，突然伸出手來，要跟我握手。

我沒有推開他的手。會在蟾湖亭石階上寫詩的人，應該不需要過度警戒，他看起來像個心地善良的人。

「妳有翅膀！真是神奇。我知道有飛魚，但是沒想到會親眼遇見。真的很高興認識妳。」

他好像真的很高興，一直握著我的手搖晃。

「這座蟾湖亭，我小時候常來這裡玩。我和朋友在這裡打過彈珠，也打過紙牌。咦，妳叫什麼名字呢？」

「藍眼珠。」

「名字很美啊！但是妳的臉色看起來不怎麼好，有什麼煩惱嗎？還是發生什麼令妳悲傷的事？跟我說說看，我可以寫一首詩，趕走妳的悲傷。」

他真的如我所想的一樣，是個心地善良的人。在我敞開心胸之前，已經一步步看透了我的心。

「朋友為了救我而死亡。老鷹要攻擊我，但是朋友讓老鷹改變攻擊的方向。」

一提到東方環頸鴴的死，我的心又開始顫抖起來。

「我也曾有朋友因為我而失去性命。小時候就在那裡，在蟾津江橋下的江裡洗澡時，我掉到江裡差一點死掉，後來是朋友救了我。但朋友救了我之後，自己卻掉到水裡死了。

　　他再度握緊我的手。詩人和我都想到死去的朋友，心情非常沉重。

　　「東方環頸鴴為什麼要為我死？」

　　「那是因為他愛妳啊。」

　　詩人毫不猶豫，而且很肯定地這麼說。

　　「我們只認識一個晚上，那麼短的時間內，怎麼可能愛上我？」

　　我極力搖著頭，詩人所說的話實在讓人難以置信。

　　「藍眼珠啊，愛不一定需要很多時間醞釀，愛可以是突如其來的。一眼，一瞬間，都可能因為喜歡而有了愛。」

　　「即便如此，愛還是需要時間。」

　　「是，我沒有否定這件事。不過要怎麼愛，會愛得

多深，這些問題更重要。當下東方環頸鴴的愛裡，時間的因素是沒有作用的。」

我想念東方環頸鴴。他的愛就像蟾津江水面的波紋，讓我心痛，最後逕自離去。

「即使已經過去幾十年了，至今我還是常常想著，為什麼朋友要救我，然後自己犧牲？想來想去，我覺得答案就是因為愛。因為朋友真的愛我，所以會為了救我而死。所以我認為愛的本質，就是犧牲，沒有犧牲，就沒有愛。很多人不懂得犧牲，所以也不懂愛。」

我們暫時停止談話，互相望著對方的瞳孔。詩人的眼底，有蔚藍的天空停留。

「大叔，大叔的眼睛也變藍眼珠了。」

大概是我的話很好笑，詩人臉上也浮現了微笑。

「藍眼珠，妳現在也該要懂得如何去愛了。有些人只知道被愛，卻不懂得愛人，到最後連原本得到的愛也會失去。」

詩人帶著微笑的臉龐，讓我感到安心。似乎任何疑

惑，都可以透過他的笑容尋求解答。

「大叔，我不懂，為什麼愛裡頭也必須有死亡？」

我還有許多該問的疑惑。活在世間，就會有無數的疑問。

「那是因為很多時候，愛最完整的面貌需要透過死亡來呈現。幾年前，一群全州高等學校一年級的學生救了落水的國小學生，最後他們自己死了，我從他們身上感受到，人的愛所具有的最完整面貌。沒有愛，怎麼可能會有那種死亡發生？」

「但是，死亡不是開始，而是結束，不是嗎？」

「不，東方環頸鴴雖然死了，但是他和妳的關係並沒有結束啊。現在那隻鳥已經活在妳的心裡，你們依然處於愛的關係裡。」

「我不知道，不知道該怎麼活下去。以前我總認為，能四處飛翔的生活，比掛在屋簷下的生活來得重要，但是現在仔細想想，生活的形式似乎沒有那麼重要。」

「或許吧，生活的形式真的不是那麼重要。」

「那麼，什麼才是最重要的呢？」

「那就是心中有愛。生活中能為所愛的人付出自己的一切，這才是最重要的。愛，才是人生的全部。」

風吹過蟾湖亭下方的一處竹林。詩人的話，我似乎有幾分明白了。

竹林裡起風了，竹林裡的風也動搖著我的心。因
為愛而付出自己所有一切的東方環頸鴴，我今天要為了
他，更加認真活著。我活著的今日，原本就是東方環頸
鴴必須認真生活的明日。

　　「再見！詩人大叔！」

　　我離開這位在蟾湖亭石階上題詩的大叔身邊，飛往
蟾津江鐵橋那一頭。

　　沒有等太久，火車就要經過鐵橋上了，我趕緊搭上
火車。

　　過了順天站和大田站後，火車停在首爾站，沒有

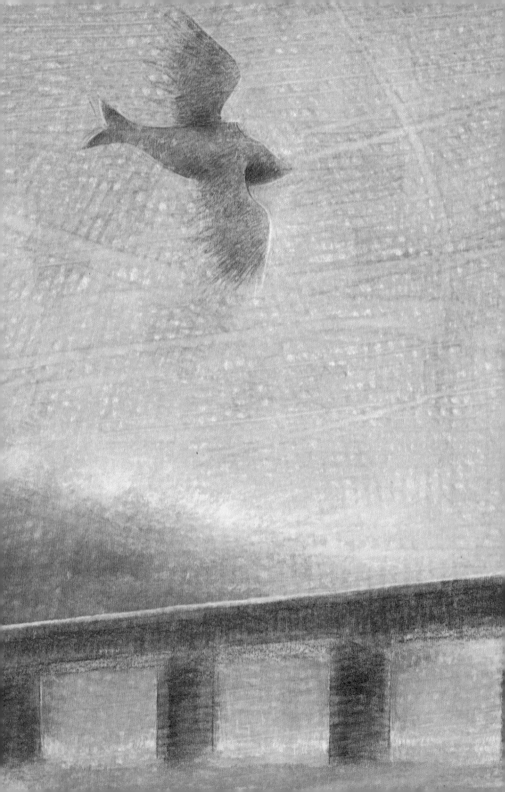

再前進。至少我已經明白，火車並沒有因為停下來而死亡。

首爾火車站滿室紫丁花香，許多人在這裡送往迎來。看見火車一到站，就有人在等待迎接，這件事很令人感動。他們會接過沉重的行李，或是輕輕互相擁抱後才離開。

沒有人在等我，我也不知道要去哪裡。但是因為期待新的相遇，我的心情還是相當激動。

我慢慢移動身體，到散發紫丁香香氣的站前郵局那一頭。

「把這隻魚抓起來，剛好可以做生魚片來吃。」

通往西站的陸橋上，一名正在喝酒的街頭露宿者對著我大喊。

我有猜到首爾是個可怕的地方，這裡到處潛藏著危險。現在的氣氛，和我以前住在仁寺洞佛教百貨店裡時不同。不過現在的我，不會莫名地感到恐懼了，因為我經歷過老鷹的攻擊和東方環頸鴴的死亡。

我也像露宿者一樣，在鹽川橋下的垃圾桶旁度過首爾的第一晚。準備去水色洞（譯註：行政區名，位於首爾市恩平區。）休息的火車，車上的燈光令人感到溫暖。並排的大樓縫隙中有新月升起，首爾的夜晚其實還是很美麗的。

　　因為喜歡看火車，所以我在鹽川橋下度過好幾個夜晚。如果火車也能長出翅膀，飛上天空，這樣天空的夜晚不知有多麼美？如果火車站就在天上，人們要在天空中上、下車，那是多麼有趣的一件事。光是想像這些景象，一天的時間很快就過去了。

　　有一天，鹽川橋下飛來一隻灰色鴿子，開口對我說：

　　「妳，從鄉下來的吧？！來這裡幾天了？」

　　鴿子勤奮地一邊點著頭，一邊覓食。

　　「你怎麼知道的？」

　　「我看到妳在鹽川橋下待了好幾天。只會那樣盯著火車看，是無法在首爾生存的。在首爾一定要很勤奮，才能夠生存。」

　　「首爾其實也很美的。而且因為有你，首爾似乎又

變得更美了。」

我顧左右而言它，順便稱讚一下鴿子。

「這句話我偶爾會聽到。但是在首爾有很多患者，感覺不到首爾的美麗。問題是這種患者一直在增加。」

鴿子聽到我的讚美，大概心情還不錯，沒有忘記要順勢接我那句話。

「我住在首爾市廳的屋頂上，有時會飛到德壽宮或首爾火車站這裡的廣場覓食。可是妳為什麼要來首爾？」

鴿子在說話的同時，一樣毫不猶豫地啄食眼前出現的食物。

「我來找伴侶的，我真心希望能在首爾找到伴侶。就是我搭火車在首爾站下車時，會來車站迎接我的那種伴侶。」

「妳說妳來首爾，是為了找伴侶？」

鴿子的表情帶著幾分訝異。

「是啊，我為了找真正的伴侶，遠從和順郡的雲住

寺飛到這裡。」

「這個嘛，或許在首爾能遇到會飛的鯽魚吧。我在首爾住了那麼久，還不曾見過跟妳一樣的鯽魚。」

「假如我真心希望，就可以遇得到。這個我知道。」

「在我看來，妳真的太單純了。住在首爾的我，都不只一、兩次覺得首爾可怕。搞不好人們會想要抓妳來吃，一不小心，連命都沒了。」

灰鴿子的表情轉為擔憂，同時伸出他的右腳給我

看。讓人吃驚的是鴿子右腳只剩下一個腳趾頭。

「妳知道為什麼會這樣嗎？因為我被人們亂丟的尼龍洗衣繩纏住，血液循環不暢通，最後腳趾頭就爛掉脫落了。想在首爾生活，必須小心塑膠袋或是繩子之類的。我的朋友當中，有一個傢伙因為吞下塑膠袋，喉嚨堵住死掉的。」

在和鴿子說話的同時，有幾輛車廂已熄燈的火車慢慢駛過，準備前往水色洞休息。我想像那些火車都長出了翅膀，飛上首爾天空的每一處。我也想像在首爾的某個地方，一定有鯽魚正在等待我。

我像名露宿者，在鹽川橋又度過幾個夜晚，然後離開了首爾車站。在首爾車站似乎很難找到伴侶，所以我在清晨飛去仁寺洞。仁寺洞是我出生後第一個住的地方，要說那裡是我的故鄉也不為過。

　　因為是星期六，仁寺洞擠滿了年輕人。我穿梭在年輕人之間，鑽進每條巷子裡四處張望。「想拋花」、「我的老公是樵夫」、「月被蚊香燻焦了」，這些酒館和茶店的名字太有趣，讓我噗哧笑出聲。

　　路邊有人將古物放在地上排開販售，上頭有青銅做的佛像頭、有木鞋、碳熨斗，還有搗衣棒。在這當中，

我最喜歡的是一只小木頭燈盞。真希望能夠點亮它，然後在智異山青鶴洞下的某一戶茅草屋裡，徹夜讀詩。

我為了想看燈盞，每天都去仁寺洞逛。但是有一天，一名年輕媽媽帶著差不多上幼稚園的女兒來，把燈盞買走了。我趕緊跟在她們後面，她們在安國站搭地鐵，又在大峙站下車，走進寫著 19 棟的銀馬公寓大樓裡。

從那天起，我開始住在銀馬公寓 19 棟前的停車場附近。因為離停車場很近，車子的排氣常讓我感到呼吸困難，但是看到燈盞被點亮的喜悅卻勝過一切。過了午夜，在人們關掉大部分的電燈後，年輕媽媽會在這時點亮燈盞，靜靜拿出詩集閱讀。

她閱讀詩集的模樣，讓我的心感到平靜。會開始覺得人比我過去想像中的還美麗，也是在看過她這個模樣之後。

無論現在愛的是誰

去愛一個知道落葉何時掉下的人吧

無論現在愛的是誰

去愛一個知道落葉為何往下掉的人吧

無論現在愛的是誰

去愛一個能像一片落葉掉下的人吧

十月的紅色月亮下山後

對窗外的溫暖亮光感到思念的日子

無論現在愛的是誰

去愛一個能像一片落葉掉下腐爛的人吧

去愛一個能像一片落葉腐爛

然後等待春天的人吧

　　偶爾我會在心裡跟著朗誦，讀她所唸過的詩——
〈無論現在愛的是誰〉。讀到後來，幾乎整首詩我都會
背了。

　　當然我和她的小孩也開始熟稔起來。小孩剛上銀馬
幼兒園還未滿一個月，名字叫鄭有愛。有愛的世界，時

時刻刻都充滿如花朵般的美麗。

有愛快要從幼兒園回來時,我會提早到公寓大樓門口等著迎接她。當然有愛也會等我,我們成為最要好的朋友。有愛從幼兒園回來,準備去上鋼琴課之前,我有時還會坐在有愛的頭上玩耍。

有愛要去上鋼琴課的沿路,到處盛開著黃色的蒲公英。有愛比任何人都愛蒲公英。

那天也是有愛從幼兒園回來,和我玩了一會兒後,準備去上鋼琴課的路上。

「哇,這裡有蒲公英花!」

有愛過斑馬線時,發現斑馬線中央開了一朵蒲公英花,於是停下腳步。

蒲公英從龜裂的柏油路縫隙中伸出,正值開花時節。真是一件神奇的事,蒲公英會開在馬路中央,本來就令人吃驚,但更神奇的是至今都沒有人踩到它,蒲公英依然生氣蓬勃地在原地盛開。

有愛凝視蒲公英一會兒後,繼續過馬路。但是就在

綠燈要變為紅燈之前，有愛不知想起了什麼，突然轉身向蒲公英跑過去。

「有愛，小心危險！」

我在情急之下大聲喊著有愛的名字。

有愛不知是否沒聽到我的聲音，她匆忙跑向蒲公英所在的位置，將蒲公英連根拔起。就在那時，交通燈號改變，一輛踩著油門的卡車還來不及看到有愛，已經往前駛去。

有愛就在那個位置倒下，人們一擁而上，向有愛跑過去。我坐在懸鈴木的枝頭，看到有愛倒下的所有經過。

有愛被載到救護車上，緊急送往醫院急診室急救，她的小手還握著蒲公英。一天、兩天過去了，有愛依然沒有恢復意識。偶爾她會喊著：「媽，蒲公英！」一心只想著要找蒲公英。就這樣，十天後有愛在醫院斷氣了。

有愛的母親一邊在有愛的墳前種下蒲公英，一邊悲傷大哭。看到有愛的媽媽在年幼的女兒墳前種蒲公英，

每個人都落下眼淚。這也是我第一次為人類掉眼淚。

為了救一朵蒲公英，有愛拋棄自己的生命。因為她無法坐視，蒲公英被疾駛過來的汽車輾死。

我好像能明白有愛的心情，就像東方環頸鴴為了我而獻上自己的生命一樣，有愛也為了蒲公英，獻上她的生命。

不過我很傷心。我恨老天！恨老天為什麼要讓真正的愛伴隨著死亡。

但是有一天，有愛這麼説。有愛帶著燦爛的笑容對我説，現在她才要開始活在我的心中。

—不要太傷心，愛的力量比死亡還強大。她説為了愛，可以付出自己的一切。

有很長一段時間，我都在已經失去有愛的銀馬公寓大樓 19 棟停車場附近過夜。不管夜多深，有愛的媽媽都不再點亮燈盞，也聽不到她手沾口水翻頁，徹夜讀詩的聲音。

　　燈盞不亮的夜晚，格外冷清。不過在有愛的媽媽點亮燈盞之前，我不想離開那個地方。

　　每個晚上我都在等，等著燈盞再度點亮，同時也思考著，有愛讓我再一次領悟到的愛的本質。愛在平凡的日常中伴隨著死亡，以及沒有犧牲基礎的愛不過是空中樓閣，這兩個問題令我陷入深思。

或許是因為一直想著這些問題，在經歷過有愛的死亡後，我的腦海裡老是浮現黑眼珠的面孔。我暗自擔憂，黑眼珠獨自待在那裡，不知有沒有發出好聽的風鈴聲？被師父罵時，不知道他有沒有好好聽話？

　　我對這樣的自己，感到非常訝異。我驚覺到自己心中還會想起黑眼珠，剎那間就像黎明破曉，心中的一角露出了曙光。

　　有愛離開後一年過去了，世界再度開滿了蒲公英。在銀馬公寓大樓 19 棟的停車場前，也有黃色蒲公英綻放著微笑。

　　看到蒲公英，我的心情就像遇見久違的有愛一樣高興。蒲公英花開，有愛媽媽的燈盞也點亮了。到了深夜，我又聽見詩集翻頁的聲音。雖然經過的時間還不夠長，但時間總是帶有撫慰傷痛、使人淡忘痛苦的力量。

　　就在白色蒲公英種子隨風飛舞時，我離開了銀馬公寓大樓，踏上找尋真愛的路。對於該往哪裡去，無需害怕。有死亡的地方，就有生；山窮水盡處，同樣也會有

路。此刻我希望能去愛著誰，而不是被愛而已。

　　我在銀馬公寓大樓附近的大峙地鐵站，搭上水西方向的列車。搭車時還心想，坐在奔馳於地下的列車裡，不知道會不會悶？但是很意外地並沒有想像中悶，反倒是倉惶遵循箭頭前進的人，模樣很有趣。我也跟在這些行色匆匆的乘客後面，和他們一起在水西站換搭前往盆唐方向的地鐵。

　　我下車的地方叫做「草林驛」（譯註：現已改名為「藪內驛」。），地名很美。聽到站務員廣播說：「下一站停靠的是『草林驛』」，我頓時心想，這裡會不會有寬敞的原野，原野盡頭有綠樹如蔭？於是在列車門即將關閉之前，緊急下了車。

　　不過草林站並沒有綠樹如蔭，有的只是公寓大樓叢林。雖然感到些許失望，我還是朝公寓大樓間的小路飛過去。

　　起風了，草林的風也捲動蒲公英的種子翩翩飛舞。我追逐蒲公英的舞動，在空中飄蕩，然後又輕盈地降臨

在蒲公英落下的地方。

在那裡有一臺手推車，人們正圍著它專注吃著什麼東西。人群中有幾個和有愛一樣的小孩，也有看起來像是孕婦的大人。我把頭稍微抬起，望向那個地方，我看到用生澀的筆跡寫著「糯米鯽魚餅」，旁邊有個火爐，火爐鐵架上有成群的鯽魚無語地並排著。

一開始我覺得那不可能是鯽魚，不過他們真的是。細密的鱗片扎進胸口、向外凸出的圓眼珠、向兩側大片分岔的魚尾，還有背鰭，這些都是不折不扣的鯽魚特徵。

「你們在這裡做什麼？」

我懷著雀躍的心情，快速飛到他們身邊坐下。火爐上瞬間冒出的熱氣十分燙熱。

「你們，坐在這麼燙的地方，到底要幹什麼？」

為了忍受燙熱，我的身體不停扭動，同時問著身旁的鯽魚。

他們似乎對火爐上的熱氣不以為意，一動也不動，

靜坐在原位對我說：

「我們不是鯽魚，我們是鯽魚餅。」

「什麼鯽魚餅？」

「人吃的一種餅啊。」

「不，你們是鯽魚！我找你們找得好辛苦。我原本住在全羅道和順那裡的雲住寺，後來到了首爾，你們是我在首爾第一次遇到的鯽魚啊。真的很高興。」

我因為相遇的喜悅而悸動不已。要不是火爐太熱，我真想拉著他們的手在火爐上跳舞。

「不，你錯了。鯽魚和鯽魚餅不一樣，我們不是鯽魚。」

他們一直堅持自己不是鯽魚，但是我的想法不一樣。

「總之很開心。就算叫做鯽魚餅，你們一樣是鯽魚。不然為什麼取這樣的名字？」

「也對。聽你這麼說，好像也是。」

他們當中的幾個這時才點頭，對我投以微笑。不過

微笑很快又轉變成焦慮。

「妳不可以留在這裡，快逃啊。」

「為什麼？」

「妳有翅膀，看起來是條奇特的鯽魚。快逃啊！人們是很可怕的。」

他們異口同聲大喊，叫我快逃。

就在那時，我還來不及了解他們話裡的意思，接著就看到可怕的光景。一條剛才叫我快逃的鯽魚，已經被人夾在手上，馬上就要被咬開來吃。一開始從尾巴吃起，接著很快從胸口吃到頭部，最後全身都進到那個人的嘴裡。

這一切都發生在一瞬間。即使是這樣，其他鯽魚也沒有想逃的念頭，反而催促我趕快逃。

「妳看，不是跟妳說了嗎，快逃！還待在這裡做什麼？」

「你們也快逃啊！為什麼你們不跑，要乖乖坐在這裡？」

「我們從一出生，就已經註定將死的命運。我們是為了要進入人們的口裡，為了要被人吃而出生的呀！這是我們人生的全部，所以妳別太擔心。」

說這番話的鯽魚，連話都還沒說完，已經被一名少女夾起，整條送入嘴裡吃掉。那些鯽魚就這樣，一條、兩條地在人們手上消失無蹤。

「妳在幹麼？還不快逃！不然連妳都會死。」

他們接連被截斷身體，卻仍是一直對我大喊快逃。

我一時失去逃離的力氣，因為目睹糯米鯽魚餅死亡的衝擊太大了。一出生，就立即被送入人們的嘴裡，然後死去。如此短暫的生命到底意味著什麼？

「天啊，這條鯽魚好特別耶，一定很好吃。」

那時，一名塗著紅色指甲油的女子抓住了我。鯽魚的痛苦什麼的，似乎都與她無關，逕自蠕動著嘴巴解饞。

就在她即將把我送入口中的那一刹那，我使勁甩了尾，飛離火爐。那名女子萬萬沒想到我會飛到空中，她

用驚嚇的表情望著我。

　　我繼續向空中飛去，白雲從我的頭頂飄過，眼淚也開始在眼底打轉。腦海中不斷浮現，瀕臨死亡時還一直叫我快逃的鯽魚餅形影。

　　他們為何對我高聲大喊？是基於什麼理由？這不也是愛嗎？

立刻去愛吧，別等到明天。

　　毫無疑問，這就是糯米鯽魚餅對於愛的想法。如果鯽魚餅沒有立刻以行動愛我，而是延遲到明天，現在的我會變成如何？大概就是進到那名女子的口中，聽著噴噴的咀嚼聲，然後死去吧。

　　愛，說起來容易，唱起來也容易，要實踐卻非常困難。不過鯽魚餅卻能在臨死前實踐對我的愛。

　　應該要愛的人，就立刻去愛吧，別等到明天。

　　我會把這句話當做這群鯽魚餅給我的人生啟示，然後飛向天空。

不一會兒，我已經飛離盆唐新都市。俯視下方，我看到國道出現及車輛經過。田埂上開著加拿大蓬和紫羅蘭，夜色慢慢籠罩大地。

　　不知又飛了多久。我看到山下有一道誘人的燦爛燈火。

　　我急忙朝那道燈火飛去，那是裝有「昆池岩食堂」招牌的霓虹燈。可是有件事很奇怪，一條用招牌燈光做的造型鯽魚住在那裡。在「蒸鯽魚」、「炸鯽魚」這些字的旁邊，紅光線條形塑的鯽魚尾巴時而揚起，時而下垂。不知為什麼，一看到這條鯽魚，我竟感到怦然心動。

　　如果想愛，就立刻去愛吧。

　　我想起了這句話，於是慢慢靠近燈光鯽魚。

　　「你真的好漂亮，好耀眼，我眼睛都快睜不開了。我第一次看到，像你這麼漂亮的鯽魚。」

　　我才一靠近，就馬上向他告白。

　　「我是藍眼珠，你也是藍眼珠。我們應該以前有見過。」

我感覺更愛他了，又再靠近他一點。

我一靠近，他豎直尾巴，開口冷靜地說：

「別靠近！這裡不是妳該來的地方，妳快走。」

「要我快走？為何說這種令人氣餒的話？別這樣，我們聊一下嘛。」

我靜靜坐在招牌上，用充滿愛意的眼神望著他。

「我跟妳說快走！」

他用令人心寒的眼神看著我。

「這裡是鯽魚的屠宰場，也就是鯽魚慘死的地方。所以趁還沒被抓去殺死前，趕緊逃跑吧。」

我不相信他的話，而且懷疑他是不是因為不喜歡我，才說那些話。

「別騙人！我們聊一下嘛。為了找像你這樣一眼就吸引我的鯽魚，我特地從遙遠的和順郡雲住寺來到這裡。」

「我再說一次，妳趕快走。我不會愛任何人，我也不是為了愛，才發出霓虹光的。鯽魚要在世界上生存，

實在太危險了。妳要是不聽我的話，等一下發生不祥的事，可別怪我。」

他好冷靜，尾巴低垂，索性不再看我。

我並不想太快離開這裡。或許是因為對閃亮鯽魚一見鍾情，所以不希望這場相遇變得毫無意義吧。無論遭遇什麼樣的危險和考驗，我應該都有足夠的力量克服。

我從招牌上跳下來，悄悄地透過門縫窺探「昆池岩食堂」裡面。食堂裡大約有十五人各自成群圍坐餐桌，津津有味吃著晚餐。我四處張望，屋裡燈火明亮，一點都不像鯽魚的屠宰場。牆上掛著幾幅圖畫，其中米勒的〈晚禱〉特別搶眼。畫的是在完成秋收的田野上，有一對農民聽到傍晚響起的鐘聲，同時低頭祈禱的模樣。不知為何，那幅圖讓我心中有股莫名的感動。

啊，是因為太過沉浸於畫作裡的緣故嗎？我竟然沒發現有人用雙手使勁抓住我的身體。當我察覺到自己被緊握在食堂男主人的手裡時，已經來不及逃了。

「這傢伙，怎麼沒有待在廚房，跑到這裡來了？」

他一邊斥責，一邊把我抓進廚房，扔到巨大的塑膠水桶裡。我眼冒金星，深深懊悔沒有聽從燈光鯽魚的警告。我下意識地大喊：「我不是魚，是鳥！」，同時胡亂拍著翅膀。沒有人聽我在講什麼，只聽到男主人高喊：「乾脆把蓋子蓋上，才不會又跑掉。」緊接著「哐噹！」一聲，就聽到塑膠桶蓋闔上的聲音。

　　塑膠水桶裡一片漆黑，讓人連逃跑的念頭都沒有。一想到即將在此結束我四處翱翔的生活，不禁悲從中來。我腦海浮現黑眼珠哀傷的神情，還有臥佛憂慮的臉孔。

　　我真是逞匹夫之勇，應該要聽燈光鯽魚的忠告才對；應該要承認鯽魚在世界上生存，實在是可怕又危險的事。

　　我太恨我自己，以至於淚流不止。

　　「別太傷心。」

　　當時聽到一個低聲安慰我的聲音。

　　這時我才抬起頭，仔細環顧四周。那裡擠滿比我

更早被抓進來的鯽魚。幾十條比人們手掌或大或小的鯽魚，大口喘著氣。水太淺而魚隻過多，這裡無異是鯽魚的地獄。

「我是原本住在昆池岩水池裡的羅漢魚。妳不要太傷心，哭並不能解決任何問題，此時我們能做的就只剩互相安慰而已。互相安慰，然後接受死亡。一開始大家都無法接受，而且感到憤怒，有的還會埋怨上天。後來才慢慢接受就這樣死去的現實，或許妳也會變成這樣。」

對羅漢魚所說的話，我不知該怎麼回答。我覺得自己太潦倒，只能閉著嘴，不斷眨眼。

「想想在這段日子裡，自己最喜歡的事，還有愛過的人……。」

羅漢魚默默走到我身邊，輕拍我的肩膀。

嗯，在我一生中，最喜歡的事是什麼呢？救了小燕子後飛上天空，是我最喜歡的一件事嗎？還是當我第一次發出風鈴聲，雲住寺的師父全都跑出來低聲讚嘆這件

事呢？

　　提到愛過的人，再怎麼說先想到的就是黑眼珠。還有常教導我的臥佛，以及為了我而犧牲生命的東方環頸鴴和糯米鯽魚餅……。

　　「還要向自己曾經對不起的人乞求原諒。」

　　羅漢魚繼續輕拍我的肩膀，他蒼白而明亮的臉孔，在黑暗中卻顯得朦朧。

　　我不是不愛你，我只是不想著過被繫綁的生活，請原諒離開你的我。

　　我在心底乞求黑眼珠的諒解，說完後心裡稍微舒坦了些。如果死亡已經免不了，我想現在也只能接受它。

　　「那以後會變怎麼樣？我會變怎麼樣呢？」

　　雖然接受了死亡，但還是想知道未來會發生什麼事，同時也認為似乎不該就這樣死去，於是我悄悄地把頭探出去。

　　「妳馬上就會知道了。不是丟到油裡炸，就是全身塗上厚重的醬料，被高溫的蒸氣燙傷後慢慢死去。這家

是鯽魚專賣店啊。」

直到這時我才了解，霓虹燈上寫的「蒸鯽魚」、「炸鯽魚」兩字，是代表什麼意思。

就在這時，水桶的蓋子突然被掀開，廚師冷不防地手持小型撈網伸進水桶裡，將原本和我說話的羅漢魚撈上去。

「再見了！日後天堂見。」

羅漢魚話還沒說完，已經仰面摔倒在廚房的料理臺上。

雖然廚師沒有把水桶的蓋子蓋上，但我卻沒有逃跑的念頭。我只有朝桶蓋外稍微探出頭，觀察廚房裡的狀況。

羅漢魚在料理臺上做最後的掙扎。他的身體先像弓箭一樣彎曲，然後又伸開，不斷重複。過沒多久，他連這個動作都無法做了。

廚師在羅漢魚的頭部蓋上布條，身體裹上適量的麵粉，然後將已經沾上麵粉的身體部位，快速放進滾熱的

食用油裡。

天啊！

我太驚訝了，嚇到嘴巴張大而無法合攏。羅漢魚一被放進油鍋，馬上就發出滋滋的油炸聲。

就像燈光鯽魚所說的，景象十分淒慘。把這裡稱為鯽魚屠宰場，一點都不為過。

羅漢魚散發著微腥，很快就炸好了。廚師撈出羅漢魚，將緊綁在頭部的布條鬆開。啊，身體雖然經過油炸，但頭部仍然完好如初，像是還活著一樣在對我眨眼。

我不禁落淚，無法全程看著廚師將羅漢魚擺在花紋裝飾的大盤子，再端到客人桌上。

我把費力伸到水桶外的頭縮回來，此時求生的意志全然喪失。看著其他鯽魚一條、兩條都像羅漢魚一樣死去，我連活下去的求生意志都沒有。如果這就是我死亡的樣貌，那就這樣死去也好。曾經那麼殷切夢想著飛翔的生活，到頭來卻落得虛無的下場，我也只能接受了。

我在等待被廚師領去受死。

馬上就要輪到我了。

這次是客人向女主人點菜，女主人手持撈網伸進水桶裡。大概是我沒有刻意避開，這次輪到我被撈進網裡。

「9 號桌客人說魚要挑新鮮一點的，我瞧瞧，這條新鮮嗎？」

女主人因為受到客人的特別囑咐，所以對我仔細打量，忽然間她臉上露出受到驚嚇的表情。

「不對，這條鯽魚的背鰭怎麼那麼大片？」

她再一次反覆地轉動撈網，仔細盯著我瞧。

「不對，這不是背鰭，是翅膀。這是有翅膀的鯽魚，我的天啊！我做生意超過十年了，第一次看到這種鯽魚。老公，你過來一下，老公！」

她像發生什麼大事一樣驚呼，喊著叫男主人過來。

正在幫廚師做廚房工作的男主人以為哪裡失火了，急忙跑過來。

「怎麼了？發生什麼事？」

「老公，你看一下。這不是背鰭，是翅膀，翅膀啊！」

「翅膀？鯽魚哪有什麼翅膀？」

「有。你看這個，這不就是翅膀。」

女主人把我的翅膀整片拉開看。男主人帶著狐疑的神情，四處摸我的翅膀，接著就像中樂透一樣，做勢要跳起來。

「哇，這是基因突變啊。有人因為小白狗出生而賺大錢，看來我也將因為有翅膀的鯽魚而大撈一筆。難怪今年《土亭祕訣》（譯註：16世紀朝鮮學者李之菡（1517~1578）所編著的卜卦書，按照個人生辰八字看一年運勢。）說我的運勢很好，我就想說哪有可能這樣而已。」

男主人因為太興奮，把抽到一半的香菸也熄掉，一時不知要怎麼做。

「這條鯽魚，一定要特別賣個好價錢。十倍？不，應該賣個二十倍、一百倍才行。不然就別撈，乾脆不要擺到客人桌上。」

男主人一心想著賺錢，嘴邊口沫橫飛，開心地說著。

　　「老婆，不是有個南首爾高爾夫球場朴會長，給那位會長打個電話，就說有個增加精力的好東西，叫他明天過來。跟他說這對精力很有幫助。」

　　男主人像連珠炮講個不停，相反地女主人卻靜靜待在那裡。她端詳我好一會兒，腦中經過盤算後才慢慢開口。

　　「老公，不要那樣做，與其那樣，還不如讓客人來參觀。跟客人宣傳說有個稀有品種，大家就會跑來參觀，這樣一來，生意自然會變得更好。」

　　「盡講些廢話。那萬一這傢伙死掉的話，豈不是全部前功盡棄。這種生物，就是要在活著的時候處理掉，妳是第一次做生意嗎？」

　　男主人的態度很堅決。他認為要趁我活著的時候，用高價賣掉，或許他的想法是對的吧。不過女主人不知想到了什麼，專注看了我一會兒後，臉上突然露出害怕

的表情。

「老公，別這樣，我們放掉這條鯽魚吧。」

「啊，為什麼？妳在說什麼啊？」

「嗯，這是我的想法。如果將這條鯽魚抓來吃，我們可能會受到懲罰。你認為是吉兆，但它也有可能是一種凶兆。」

「啊哈，妳又在廢話了。不要講這些扯後腿的話。」

「不，我說的沒有錯。這條鯽魚看起來非常靈驗，我可以感覺到那股氣勢。這條鯽魚死了以後，我們不知會遭遇到什麼事。」

「哪會遭遇什麼事？不過是一條鯽魚，用很高的價錢賣掉而已啊。」

我靜靜聽著老闆夫妻的談話。雖然這些對話和我的命運息息相關，我卻好像是在聽跟別人的命運有關的對話。

「老公，明天是初八日（**譯註：韓國的『初八日』指釋迦牟尼誕辰。**）我們趁這個機會放掉這條鯽魚，當成我們對這段

時間所屠宰的鯽魚贖罪吧。」

「不，我要高價賣掉牠，妳不要再說了。」

「老公，在屠宰場裡都有獸魂碑，每年屠宰場都會在獸魂碑前面，為死去的牛隻們舉行一場祭祀。你以為只有這個地方有嗎？你去做絲線的蠶絲工廠看看，那裡也蓋了一個撫慰蠶隻靈魂的蠶靈碑。那裡同樣也會為死去的蠶隻，一年舉行一次祭祀。我們就算不為鯽魚舉辦祭祀，至少也該放掉這條有翅膀的鯽魚。搞不好這是上天送來的鯽魚，目的是想要考驗我們。仔細想想，我們全家一直都是靠鯽魚吃飯，應該也要心懷感謝。」

男主人噘著嘴，似乎還想說些什麼，但沒有再回嘴。大概是覺得太太說的也沒錯，他掏出一支香菸，邊抽菸邊說：「啊，知道了，知道了。妳自己看著辦吧。要油炸吃，還是要放了牠，隨便妳。」

結果男主人被太太的話說服了。

也因此到了第二天早上，我就在初八日的放生大會中，被放生到驪州（譯註：韓國京畿道東南端的城市。）的南漢江邊。

在河裡比在天空中還舒適。這段日子，我已經快忘記自己是一條應該在水裡生活的魚，此時覺得河裡特別舒適溫暖。

　　我撥開水草，在河裡到處游來游去。偶爾會看到塑膠瓶或飲料罐在水草縫隙中浮沉，但是沒關係。並非只有飛翔的生活才叫生活，能在水裡游來游去，也是另一種重要的生活。

　　「去遠方好好地生活吧！不要再被抓到了。」

　　這是放生時女主人對我說的話，我對她充滿了感謝。不，我該感謝的是讓我經驗死亡痛苦的神。神會讓

我經歷那種痛苦，是因為愛我；當我感到痛苦時，神也跟著我一起痛苦。我一邊想，一邊順著河水游動。

河水依然讓人感到舒適溫暖。才剛覺得後面好像有誰在跟著我，尾巴就被「啪、啪」拍了兩下。我暫時停止游動，轉過頭往後看看是誰。原來是和我一起在神勒寺（譯註：位於驪州東北南漢江上游的寺廟。）附近的江邊被放生的鱉和烏龜。

「鯽魚呀，妳好！一起走吧！」

匆忙跟在我後面的他們，實在太小隻了，有的甚至只有人們小指頭大。

我跟他們忽前忽後地鬧著玩，一邊順著河水往前游。但是有件事很奇怪，當陽光照射到水裡時，我看到他們背上刻著「所願成就」、「合格祈願」、「南北統一」、「朴順子」等等一些奇怪的字。那些用黑色麥克筆寫的字，奇醜無比，不過鱉和小烏龜們似乎對那些字不在意，依然在河裡四處亂游。

「哎喲，這就是人類……。」

我不自覺說出了鄙視人類的話。一隻狗看到東西後狂吠，一百隻狗聽到了也跟著吠，現在的人類大概就是這個樣子。

　　我寧可是一隻狗，也不要當那一百隻狗其中之一，我邊想邊順著河水游動，然後盡可能朝河的中心游去。因為我希望照著救我一命的女主人話去做，游到一個遙遠的地方。

　　在我順著河水游的這段期間，春天過去了，夏天的腳步正在逼近。超過一個月的時間沒下半滴雨，炙熱的豔陽高照，河水曬到燙熱，水位也隨之遞減。我沉到河的最深處，貼著河底往前游。

　　就這樣，不知沿著河水游了多久。

　　突然間，我感覺水沒有在流，只是沉積，於是將頭慢慢伸出水面。果然，這裡已經不是河流，而是河水流入後所形成的水池。這段日子我已經游離了寬廣的河中心，不知不覺沿著小溪流入水池。

　　水池堤防下有茂盛的蘆葦。正逢日落時刻，隱入蘆

葦葉間的夕陽顯得耀眼，不過蘆葦底下到處都有丟棄的垃圾。雖然立著「請把垃圾帶走」、「任意丟棄垃圾者重罰」的告示牌，但在告示牌底下就堆滿了塑膠袋。不僅是垃圾，其中還有好幾臺已經破裂的電視，有的映像管甚至完好如初。

我往水面上稍微伸長脖子，好久沒有吹到這麼涼爽的風，吹起來心情暢快無比。遠處的水田已經開始長出翠綠的水稻，被傍晚的夕陽染成火紅。農夫拔完稗草，巡過水門，肩膀掛著鋤頭正要歸去，粗壯的小腿看起來有一種美。偶爾還會有人去樓空、被棄置的空屋映入眼簾。

我決定在水池裡撐過我困窘的生活。在我下定決心後，我對周邊景色更加有了情感，也開始對水池的名字感到好奇。

「這個水池叫什麼名字？」

我問跟我一樣伸出頭欣賞傍晚風景的鯽魚。

「叫後浦水池，人們都稱它後浦池。池中心的水

很深，河泥和水草也很豐富，很適合像我們這種鯽魚生存。但是最近出現很多釣魚客，真讓人頭痛。狀況很緊急，你可能也要小心一點。」

他像黑眼珠一樣多愁善感。我差點把他當成黑眼珠，一把抱住他。

「你說釣魚客，釣魚客是什麼啊？」

我對釣魚客一詞，真的很陌生。

「就是專門要抓我們的人啊。他們老是騙我們，而我們也很笨，經常受騙。尤其我們當中有的傢伙比較粗心，總愛去咬魚鉤上的餌，然後上鉤，搞到嘴巴撕裂，最後結束令人遺憾的青春。昨天我就失去我最小的兒子。我一直提醒他要注意，他還是一口吃了下去。我不知有多悲傷、多痛苦，現在連眼淚都哭乾了。」

說眼淚已哭乾的他，講到一半又掉淚了。我趕忙幫他擦拭眼角閃閃發光的淚珠。

「謝謝妳，妳真是感情豐富。妳也要小心，不然連妳也活不了。如果沒有釣魚客，這個地方對我們原本像

個天堂一樣。」

　　到處都存在伺機掠奪生命的危險，不過我並沒有打算離開後浦池。因為這裡有很多鯽魚，我不會寂寞。搞不好在後浦池，還會遇到我這輩子真正的伴侶也說不定。

　　那天晚上，失去兒子的鯽魚向其他鯽魚介紹，說我是來自南漢江的鯽魚。他們只覺得我的魚鰭似乎比其他鯽魚來得大，但是他們做夢也想不到，我竟然是一條有翅膀的鯽魚。

　　那天晚上，他們熬夜告訴我，後浦池的鯽魚務必遵守的幾項禁忌。

　　第一點，不要關心水外的世界。

　　第二點，不管是什麼樣的人，都別相信。就算是小孩子，也絕不要靠近。

　　第三點，只要是人類給的食物，都要把它當成誘餌，絕不能吃。尤其是鯽魚最喜歡吃的淡水蚯蚓，更不能吃。最重要的就是要根絕貪吃的習性。

第四點，不要偷懶，要好好學習分辨釣魚船和小舢舨、釣魚線和草梗、鉛碎片和小石子的不同。

第五點，不要愛上別人的情人。

此外，還追加了「別受華麗的燈光誘惑」等幾項禁忌，不過我除了第一點之外，應該都能做到，所以沒有特別用心聽。

從外表看起來，在後浦池的日子相當平靜。早上太陽升起後，陽光會將水面照得波光粼粼，搖曳蘆葦的風吹過來，在夜間的星光則是燦爛而寧靜。

不過，這個世界哪會有真正的和平呢？

後浦池的水面外表看起來雖平靜，但水裡的痛哭聲卻從來沒停過。釣魚客搭著廂型車蜂擁而至，他們徹夜垂下釣魚桿，一個晚上就能釣到幾十條鯽魚。無論老鯽魚怎麼要求年輕鯽魚謹守禁忌，年輕鯽魚還是聽不進去。有時候連老鯽魚也會糊塗，因為身長超過一尺而樹大招風，所以被抓走。

釣魚客頗為高招，想盡方法準備鯽魚喜歡的食物帶

過來，讓鯽魚受不了誘惑而想吃。即使鯽魚明明知道，吃下那些食物就意味著自己即將死亡，但還是忍不住，屢屢上當。

只有懂得忍耐的鯽魚，才能夠存活。耐心不足的都一個接一個消失了。

後浦池的哭聲依然不斷，每天都要舉行沒有屍體的葬禮。大家每晚都開會討論，要用什麼方法，才能讓釣客不再來後浦池。但是除了鯽魚自己警覺外，好像也沒有其他辦法。依照釣客的說法，釣況如果不好，人們來的次數自然會減少，但是鯽魚總是傻楞楞地上鉤。

我覺得很痛苦，但又不能丟下他們，自己飛到別的地方。要怎麼做才能讓他們不再哭泣，我想了整夜，想不出好的對策。我覺得好憂慮，連胃口都沒有。唯一的樂趣，只剩在早晨水面閃著耀眼的陽光時，喝幾口陽光。

有一天早上，在熬夜釣魚的釣客都離開後，我因為肚子餓，想找陽光填飽肚子。這時正好在一棟空農舍倒

影的東方水面下，閃著耀眼的銀色日光，我沒想太多，就一口含住那一道陽光。我心想，那道日光應該不是魚鉤反射出來的吧。

啊，結果不是我想的那樣。原本以為釣客已經全部回去，沒想到竟然還有人留下，那道日光正是從魚鉤上反射出來的。在吞下日光的那一剎那，我的喉嚨被某種尖銳的物品鉤住，立即感到劇烈的疼痛。

我使出所有力量撐住，不過還是被收緊的釣魚線往上拉，接著又被突然拉出水面，拋到了空中。若非聽到有人歡呼說：「哇，是超過一尺長的大魚！」，我可能會有自己正飛向空中的錯覺。

被魚鉤鉤住的嘴彷彿快要撕裂，嘴裡的劇痛令我差點暈厥，但我卻發不出半點聲音。

把我釣上來的男子滿臉燦爛笑容，釣完後第一件事就是找相機。

「來，好好拍一張。今年的大魚獎十拿九穩了。」

男子把釣魚線收短，然後牢牢抓著釣魚線，將它放

在水池的堤防上。

「來，別省底片，盡量咔嚓多按幾下。厚民，你也過來一起拍。」

男子一直記得要面帶滿足的笑容，還有把我拉到跟眼睛一樣的高度。

我的嘴還掛著釣魚線，尾巴維持下垂，頭部則筆直朝向天空。

這件事真是令人為之氣結。我實在無法理解，人們那麼喜歡將我置於死亡痛苦之中的心理。

男子和像是他兒子——名叫厚民的少年，又再拍了一張照片，拍完後先將我平放在草地上。接著他趕忙打開釣魚包，拿出各種工具，包括乾毛巾、鹽巴、衛生紙、棉球、墨水瓶、宣紙、刷子等，他把這些工具擺在草地上。

「來，乾脆就在這裡製作魚拓。」

男子一直很興奮。不知道是在高興什麼，總之臉上的微笑沒有停過。

我不知道魚拓是什麼，心裡很害怕。感覺不是直接死去，而是死前還要經歷一些過程，這個過程的等待令人更痛苦。

　　我摒息以待，不敢發出聲。只要含在嘴裡的魚鉤一脫落，我就能奮力振翅飛走，但因為太過疼痛，我根本無法這麼做。

　　男子說要去除黏液，他開始用鹽巴水幫我擦身體。他用鹽巴水浸濕毛巾，然後像是慢慢地、專注輕撫我的身體一般擦拭著。他的動作細膩，深怕一不小心會造成我的鱗片脫落。但是當男子細心將我貌似背鰭、緊緊蜷縮的翅膀拉開擦拭時，他似乎感到納悶，開始喃喃自語起來。

　　「這傢伙不是鯽魚嗎？奇怪，怎麼背鰭長得跟翅膀一樣。咦，老金，這不是翅膀嗎？」

　　男子心裡只想著我是一尺長的大魚，遠看時沒發現我是飛魚，現在才大聲叫著老金。

　　「哎唷，你完了，是飛魚啊。這是翅膀沒有錯。」

老金馬上就看出來了。

「是飛魚？」

「對，你這個人。是飛魚，飛魚啊！」

「是飛魚……。」

男子將老金推過來，仔細觀察我的翅膀，然後一邊竊笑，一邊自言自語。

「嗯，運氣實在太好了。不僅是一尺長的大魚，而且還是特有品種，嗯……。」

「你這個人，在說什麼啊？趕緊放了牠。處理不好，可是會出大事的。」

事實上我已經被抓，而且都快死了，老金卻好像很怕我的樣子。不過男子並不這麼想。

「哪會發生什麼大事？這反而是件好事呢。我的意思是這稀有品種，更要做成拓本給後世子孫看。」

「不對，不是這樣，我們釣客也是有禁忌的。我小時候聽爺爺說過，如果抓到這種飛魚，一定要放掉。爺爺有位朋友曾經抓過飛魚，不僅沒有放掉，還把飛魚煮

來吃，結果家中就接連辦了喪事。所以你啊，最好也小心一點。鯽魚身上長了可以飛上天的翅膀，這就是牠來自天上的證據啊，不然怎麼會有翅膀？」

老金搬出祖先的考證，一直堅持要把我放掉。不過他的意見卻被男子的固執打回票。

我含在嘴裡的魚鈎被拿掉後，全身包括眼睛四周都被塗上墨汁。早晨的陽光依然刺眼，死亡彷彿就在眼前了。我用力鼓漲著嘴，心想即使是最後的陽光，我也要狠狠嚐一口。

男子在棉球上沾飽墨汁，然後小心翼翼塗在我身上。我很快就全身沾滿墨水，接著墨水的毒性滲入皮膚，全身開始發熱，令我快要無法呼吸，當然眼睛也睜不開。當男子繼續在我的翅膀和尾巴「啪、啪」抹上墨汁時，我幾乎是處於瀕死的狀態。

我知道自己的身體被覆蓋了宣紙，但卻無法動彈。男子的手在宣紙上俐落又細心地挪移，每個角落都不放過，以便讓墨汁能夠滲透宣紙。

「好了，好了，做好了。這是我到目前為止做的魚拓當中，最成功的一個。」

男子再一次露出滿意的笑容。

「來，現在肚子餓了，大家一起去吃早餐吧。」

男子走在前頭，帶著大家朝水池入口賣湯飯的餐館走去。我躺在草地上，等待死亡的那一刻到來。

這時，一名少年悄悄走近我，幫我擦拭還流著血的嘴巴。就是那個叫厚民的少年。

「飛魚，對不起，你快飛吧。嗯？」

少年希望我飛。

不過我飛不起來。我全身無力，完全動彈不得。

「其實是我想看你飛的樣子。試著飛飛看吧，嗯？」

少年的水壺裝滿了水，他把我放進水壺裡。

直到此刻，我的精神才為之一振。少年想看我飛上天空的樣子，我不能讓他失望。

我使出力量，慢慢張開翅膀。有如奇蹟般，我竟然

還可以飛。

　　少年對我揮手，我在少年頭上繞了兩、三圈，以此表達對少年的謝意，然後飛離了後浦池。

我沒有哭，只覺得感激。在將死之際竟然能活下來，這是多麼令人感激的事。不僅如此，一場即時的驟雨，把我身上殘留的墨水都清洗乾淨，這又是多麼令人感謝。

　　以前的我不懂感謝，不了解活著本身即值得感謝。其實當生活仍有餘裕之時，就應當心懷感謝，但是當時太傻，不懂這些。直到如今，在面對過幾次死亡的痛苦後才倖存下來，其實是令人難以那樣感到喜悅和感謝的。

　　總之我在感謝之餘，也希望找到可以讓我獨自安靜

休息的空間。我對於回到人類世界感到害怕和恐懼。飛過農田、穿越平野，我繼續奮力朝聳立在平野另一端的山上飛去。

不知飛了多久？

大約是太陽下山時，我看到加平的明智山（譯註：位於京畿道加平郡。）山腳有一處沒人住的空屋。

我毫不猶豫地往空屋飛去。院子裡的雜草茂盛，但是有薔薇花，我很喜歡。井水還未乾涸，醬缸臺上每一只破裂的甕缸，都積了半缸雨水，後院依然擺放著鑊頭或鋤頭之類的小型農具。

房間裡也有些生活用品，有用過的胡枝子掃帚和畚箕；有被稱為「孝子手」（譯註：即『不求人』。）、抓背癢時用的竹耙子。雖然有點好笑，但臥室角落連尿壺都有。在吊衣服的衣架上，還掛著一套韓式長袍，牆上則有一張戴著學士帽的年輕人照片。在那張照片旁邊，有另一張新郎和新娘在婚禮儀式場與主婚人合照的婚禮照，看起來應該是那個年輕人的結婚照。旁邊還有一張不知在

誰六十大壽的壽宴上拍的，以老爺爺和老奶奶為中心、子孫成群圍繞的合照。

他們共享天倫之樂的樣子，讓我對著照片凝視良久。我突然想起黑眼珠，我也好希望像照片中的老爺爺和老奶奶一樣，能在這空屋與黑眼珠生下孩子，一直住到長長久久。

不過那個念頭很快就打消了。黑眼珠一心只想過著被繫綁的生活，要讓他飛到這裡與我生活，無異是痴人說夢。

晚霞逝去，夜色籠罩大地，螢火蟲造訪，月也明亮起來。秋天還沒來，草叢裡的蟲鳴聲吵雜，月光在破裂醬缸內的積水中若隱若現。我好想潛入水裡躺久一點。

一天過去，兩天過去，十天過去，一個月過去了。立秋過了，處暑也過了。落葉紛飛，冷風襲來，長在井邊的柿子樹結果已經開始透紅。偶爾會有鳥兒們飛來，啄食紅柿後再離去。幾個人一大清早就下田，用鐮刀割下稻子。腰已彎曲的一位老奶奶，帶著孫子來到前院曬

紅辣椒。

　　我在水中猛然起身，飛到柿子樹的枝頭末端。

　　我不是魚，我再也不想生活在水裡了。

　　我對自己大喊，再也不要過著魚的生活。就如同救我一命的少年所説，希望看到我像一隻鳥飛向天空，我更希望自己能成為一隻鳥。

　　凡有翅膀的都是鳥。我現在不是魚，是一隻鳥。

　　我認為我是鳥，就這樣像鳥一樣飛向了天空。

此刻的身體和心情更加輕盈了。一樣是飛向天空，把自己當成魚在飛，和把自己當成鳥在飛，卻有很大的差異。在破裂甕缸裡所看到的世界，與飛在藍天下所看到的世界，感覺也完全不同。

　　心情不一樣，行動也跟著改變；行動一改變，對生活就有不同的感受。飛吧！為了不讓所謂的「今日」終生虛度，為了不忘記「我虛度的今日，正是昨日逝去的東方環頸鴴和羅漢魚曾經渴望的明日」，那就飛吧！變成一隻鳥飛吧！要怎麼做，才能過著擁有毫無痛苦、大自由的生活呢？

我飛了幾天幾夜。在白天，被風搖動的草葉帶給我力量；到了晚上，我會借助最早升起、最晚落下的星辰力量。

　　夜深時，必有星芒閃爍。黑夜過去，清晨到來。當清晨來臨時，世界會因陽光而耀眼奪目。

　　有一天，在燦爛的陽光間隙中，我看見了地下鐵站。我靜靜坐在地下鐵站入口，標示板上寫著「牡丹」兩個字。那是我遇見糯米鯽魚餅的京畿道城南市。

　　牡丹站周邊喧囂吵雜。市外巴士總站前有名男子手持擴音器，不斷高喊要信仰耶穌。有時候輕聲低語比起雄辯、還有風鈴聲比起鋼琴聲，還更能動搖人心，但男子似乎不明白這一點。

　　我經過市外巴士總站前，繼續往牡丹市場方向移動。今天剛好是五日市集日，牡丹市場入口的人群熙來攘往。商人多半是露天攤販，大部分的攤商是將內衣和襪子擺在貨車上賣；有的是賣糯米、小米、高粱、小麥等雜糧；也有人把被火燒到焦黑的狗肉擺出來賣。

我心中對被火燒死的狗心生憐意，不忍離開這個地方。「看完實物，有喜歡的可以馬上抓來吃。」，狗肉店主人用這句話殷勤招呼客人，我看著他好一會兒，也為死去的狗兒禱告。短的禱告也許可以上達天聽，在做完最短的禱告後，我離開了那個地方。

　　牡丹站入口依然人群絡繹不絕。我暫時沒有適合的去處，就先坐在牡丹站的標示牌上，看著來往的人群。所謂生活，似乎就是無止盡的忙碌，人們的腳步都那麼匆忙，看不到有人放慢腳步。

　　「大家都忙著去哪裡呢？」

　　看著人們走下地下鐵的階梯、往狹窄的巷弄裡走、或是搭上巴士後匆忙消失，我不覺自言自語著。這時一隻鳥突然降落在我身邊，接著我的話說：「他們是要回家，就像我們鳥有巢一樣，人們也都有家。」是一隻非常小、身形和有愛拳頭差不多大的鳥。我很高興、很開心他把我當成一隻鳥。

　　「你是誰？」

「我是白腰文鳥（註：即俗稱的『十姊妹』。）。」

他眨著小小的眼睛，對我笑著說。

「我是飛魚。」

本來我想這樣說，但很快又閉上嘴。腦中閃過一個念頭，心想萬一白腰文鳥知道我是魚，不知會怎麼樣。

「你要去哪裡？」

如果要去首爾，或許孤單者可以一起同行。不過白腰文鳥說他沒有去過首爾，他是在牡丹出生、在牡丹長大的。

「我在牡丹以卜鳥卦為生，是一隻會算命的鳥。」

「卜鳥卦？什麼是鳥卦？」

這個名字我第一次聽到。

「就是預測、告知人們的命運啊。人們都想事先知道自己命運的吉凶禍福，有不好的事，會想要先避凶；有好的事，就會懷抱很高的期待和希望，我就是要幫他們事先判斷。由鳥來卜卦，就叫鳥卦。」

我對鳥卦充滿了好奇心，白腰文鳥看穿了我的好奇

心，他跟我説如果想知道，可以跟他一起去看，一邊説一邊急忙地移動。

白腰文鳥降落的地方，就在馬路對面的牡丹站標示牌附近。那裡有位戴著舊禮帽的老爺爺，他把一個鳥籠的門打開，然後坐在冰冷的路邊。鳥籠旁邊立著一張厚紙版，上面寫著「鳥卦千元」。

「老爺爺，您好。」

白腰文鳥跟爺爺打完招呼，就立即進到鳥籠裡。接著老爺爺把鳥籠門關起來，開始等待人們來卜鳥卦。

很快就有人圍過來了。

「這是什麼？」

有的人感到好奇，一下子卜了好幾個鳥卦；也有人只是蹲坐在鳥籠旁，看著其他人卜鳥卦。

我飛上地下鐵的標示牌上，看著這一切光景。

太陽下山後，人們的足跡也變少了，老爺爺再度把鳥籠門打開。

「老爺爺再見！」

白腰文鳥和老爺爺打完招呼後，很快就飛到我身邊。

「怎麼樣？很有趣吧？」

白腰文鳥像是炫耀一般，面帶笑容地輕啄我的肩膀。

「我也想試試，看起來真的很有趣。白腰文鳥，我可以試試看嗎？」

「想試就試。我幫你介紹老爺爺。」

我心中也暗自想要嘗試卜鳥卦，但又怕老爺爺會一直把我關在鳥籠裡，不過白腰文鳥說不會。

「不會的。老爺爺並沒有把我關起來，我們家好幾代都和爺爺一起靠卜卦為生，所以已經約定好了。我們約好，我只需要在卜卦時被關進鳥籠；不卜卦時，就可以按照著我的意願自由飛翔。從我們祖先時就約定好的，而且這個約定也一直被遵守著，至今沒有破壞過。我們彼此信任，最重要的是這點。如果沒有信任，我們的關係就會完全崩潰。」

那天晚上，我跟著白腰文鳥到南漢山城的樹林裡睡，隔日下午一點左右，又再回到牡丹站。

　　老爺爺帶著鳥籠，提早來到牡丹站。

　　「老爺爺，這位是我的朋友。名叫『飛魚』的鳥。」白腰文鳥向爺爺介紹我。

　　「我朋友也想試試卜鳥卦。」

　　老爺爺出神地望著我，他看我時的眼神，就像臥佛的眼神一樣，令人心安。

　　「好，那就試試吧。有朋友更好。世界上如果沒有可以敞開心房的朋友，大概沒有比這更不幸的事了。」

　　得到老爺爺同意後，我和白腰文鳥就一起進入鳥籠，輪流卜卦。

　　卜卦不是一件困難的事。鳥籠裡有竹子做成的隔板，隔板放在中間，

　　隔板一側是白腰文鳥和我所在的地方，另一側有個小木箱，那些寫有人類吉凶禍福的紙條折好後，就密密麻麻塞在這個小木箱裡。當老爺爺打開隔板時，我們會

小步走向小木箱那裡，用嘴巴作勢要挑選，稍微停頓一下，等決定好後就馬上抽出一張紙，只需這樣做而已。然後老爺爺再把那張紙交給已經付錢、正在等待的人就可以了。

拿到紙張的人，表情各異。有的人表情凝重，眉頭深鎖，額上出現許多皺紋；也有人不知道高興什麼，一下子豁然開懷大笑。

在我看來，大部分的紙條寫的都是好話，內容多半像是「在二十七歲時會遇到貴人，得到意想不到的建議。人生前途會因此改變，要深思後再作決定。」之類的。

我覺得卜卦很有趣。我感覺自己與人們的命運發生關聯，像是在做一件很重要的事，而且不會寂寞。不只白腰文鳥，就連老爺爺也是相當重感情的人。每天工作結束，一定會打開鳥籠門讓我們自由，此外他也常買很多好吃的東西餵我們。小米顆粒不大，但是我很喜歡吃，尤其糯小米，更是好吃。老爺爺偶爾會買甜燒餅回

來，然後撕一些分給我們，那也很好吃，我都吃很多。

晚上我們回去睡覺的南漢山城樹林，住起來也很舒適。我喜歡這裡，因為南漢山城整座山都覆蓋著數百年樹齡、兩手合抱粗的松樹，就像雲住寺後山一樣幽靜。而最令我高興的莫過於從我開始卜卦後，老爺爺的收入增加了兩倍這件事。

「這是鳥，還是魚啊？看起來感覺很靈驗。」

人們一邊說，一邊表現出對我的興趣更甚於白腰文鳥。

之後我卜卦靈驗的消息散布開來，來牡丹站前卜鳥卦的人愈來愈多，有時還會在鳥籠前大排長龍。

在卜鳥卦的許多人當中，我最喜歡看到有小孩子跟著媽媽來。孩子們在望著我時的靈活眼神，可以讓我完全忘記這段時間所受的苦。

在這當中，時間依舊不變地繼續流逝。街頭舖上了落葉，即便只是稍強的風，堆疊的落葉也會被捲入巷弄裡四散無蹤。才剛下過霜，人們就聽到大關嶺（譯註：位於

江原道的山嶺。）已經結初冰的消息，大家冷到受不了，都
縮起肩膀，換上冬衣。

老爺爺咳嗽的次數愈來愈頻繁，就像落葉一般，呈
現衰微的模樣。有人勸老爺爺，不要在颳著冷風的街頭
工作，去找個房間，工作時偶爾去休息一下，但是老爺
爺還是繼續拋頭露面。

「我如果不做，算鳥卦的工作搞不好就失傳了。這
世界上或許我是最後一個。」

老爺爺擔心，算鳥卦的工作會在這個世界永遠消
失。不過這種事，是一定會發生的。

那天同樣颳著刺骨寒風。白腰文鳥和我依約來到老
爺爺擺攤的牡丹站，不過往常總是早到的老爺爺並未出
現。等了一小時、兩小時，還是沒有看見老爺爺的蹤影。

「這種情況至今不曾有過……。到底發生什麼事
了？」

白腰文鳥非常擔心，繞著牡丹站周邊四處飛，一刻
也停不下來。我在想老爺爺是不是去哪裡買甜燒餅或是

魚板吃了，所以趕緊鑽到每條巷子裡去找。不過老爺爺還是沒出現。街頭漸暗，夜色降臨，依然未見老爺爺的蹤影。

「我們不要找了，去老爺爺家看吧。我剛好去過他家一次。」

白腰文鳥用著急的口吻說。

我跟著白腰文鳥穿破黑暗，飛翔在夜色之中。

老爺爺的家位於地勢較高、所謂的貧民區裡。

「就是那一家。」

在白腰文鳥所指的石板屋門口，掛著紅色燈籠，上面寫著「謹弔」兩個黑字。

我不懂那燈籠代表什麼含意，不過白腰文鳥一看到燈籠，馬上就知道老爺爺已經過世了。

「啊，老爺爺過世了。」

白腰文鳥簌簌地流下眼淚。

老爺爺平常患有低血壓，昨晚不知有什麼事惹他生氣，所以喝了比平常還多的酒，睡著後早晨就沒有再醒

來。

　　我很傷心，和白腰文鳥一樣眼淚已經在眼裡打轉。我想起臥佛說過，死亡就像海浪一樣。不過地球上從此少了一個會卜鳥卦的人，這件事實在太令人感傷。

　　夜空中的下弦月無語地看著我。星星依然逕自閃爍，不知它們是否了解我此刻的心情。

　　我明白，離開牡丹站的時候到了，既然已經無法卜鳥卦，就沒有必要留在牡丹。雖然白腰文鳥希望，我能和他一起住在南漢山城的樹林裡，但我卻不打算這麼做。

　　「白腰文鳥呀，再見了！這段日子謝謝你。」

　　那天晚上，我和白腰文鳥道別。和他分開雖然令我不捨，但我卻不傷心。即使關係親密，如果沒有愛的話，分離就不會那麼令人悲傷。

初雪降臨，我冒著初雪飛往首爾。記得在雲住寺迎接初雪的那一天，黑眼珠和我吃初雪吃到肚子飽脹。因為吞下太多初雪，隔日的排便都是白色的。我還看到老公臥佛和老婆臥佛打起雪仗，結束後牽著手在雪地上散步的模樣。

　　我就像當日一樣，一邊接著初雪吃，一邊朝首爾飛去。

　　白雪覆蓋下的首爾非常美麗。初雪為了讓首爾美麗而降臨，它也讓生活在首爾的樹木、草、老鼠、甚至人，都變得美麗。

我經過仁寺洞的佛教百貨店，向首爾火車站前進。到首爾火車站後，我應該就能決定要往哪裡去。火車站是一條路，同時也是路的起點，我想在首爾火車站重新尋找我的路。

　　首爾火車站換上了雪白的新衣。初雪之後，接著是大雪。我降落在首爾車站的站前廣場時鐘塔上，在那裡俯視著人們。

　　在雪中行走的人們也很美麗，就連街頭露宿者看起來也不那麼窘迫。而世上最美麗的莫過於牽著年幼女兒的手，走在雪地裡的年輕母親了。

　　雪停了，不知不覺已經夜深。從南方冒雪奔駛而來的火車，全都回到水西站，首爾火車站只剩街頭露宿者在候車室附近徘徊。

　　我繼續凝視著首爾車站站前廣場，心想黑眼珠會不會也在火車站的某處徘徊。過一會兒我開始數起廣場上的腳印，但是怎麼數都數不清，就好像在數夜空中的星星，令人感到費力而疲倦。

時鐘塔上的指針對著凌晨二時，首爾車站的圓屋頂上方升起了白色新月。我放棄數腳印，準備爬到圓屋頂上去睡。

　　「咦，這是誰啊？你不是飛魚嗎？」

　　不知是誰看到了我，用久違欣喜的聲音喊我。

　　灰鴿子！就是初到首爾，在鹽川橋下睡覺時，曾經給我溫暖、安慰過我的這隻家鴿。

　　以新月做為布幕背景，灰鴿子用蹣跚的步履走向我，然後一把抱住了我。我對他的擁抱並不排拒，心想能在可怕又孤獨的首爾遇見原本已不復記憶的他，必然也是某種命運的安排。

　　「你怎麼會在這裡？為什麼不在首爾市廳睡，要跑來這裡睡？」

　　我好奇他為什麼跑來首爾車站的圓頂上睡。

　　「我被首爾市廳的鴿子趕出來了。他們說如果要睡首爾市廳的屋頂上，至少不能有肢體殘缺，不然會影響首爾特別市的名聲，所以我就將不會有人看到的圓屋頂

當成家。這一次我又失去了左腳的一只腳趾頭。」

和我分開後的這段日子裡，他又失去腳趾頭，聽了讓我好心疼。

「怎麼會這樣？一定很痛吧！」

這次換我用力抱住他。

「不，沒關係。哇……。可以再次遇見妳就好，我真的很開心。」

他在高興之餘，一步也不想離開我的身邊。

那天晚上，我和灰鴿子睡在一起，他抱著我，我也抱著他。我們入睡前還輕輕地互相親吻。

我不是魚，是鳥！

和他親吻時，我再一次想起我要把自己當成鳥這件事。因為認為自己是鳥，所以和家鴿相愛，也不覺得有違倫理。

沒想到隔天早晨，我的身體因不舒服而無法起床。融化初雪的陽光照亮了全世界，我卻只能躺在圓屋頂上。是因為這段日子過得太疲累了嗎？我發燒愈來愈嚴

重，身體卻發冷打顫。

「情況看起來不妙。」

灰鴿子顯得很焦急，他在廣場上收集雪塊，拿來幫我退燒。又不知從哪裡撿來冰塊，含在口裡幫我擦身體。雖然我吃不下，但他不知又從哪裡撿來了餅乾碎屑，一直要放入我口裡。

我連續發燒四天四夜，灰鴿子也照顧我四個晝夜，絲毫沒有闔眼。叫他先閉上眼睛休息，他卻一心只想著要帶雪堆和冰塊回來。

是因為灰鴿子的誠意嗎？經過四天後，我總算從高燒的恐懼中稍微獲得解脫，直到一星期後才完全恢復健康。

「謝謝你。如果沒有你，我一定會死掉。」

我在灰鴿子的手臂上親吻，表示對他的謝意。

「謝什麼……。我只是做好分內的事而已……。」

灰鴿子覺得很不好意思，同時又很高興，他把我的健康復原當成是自己的事。

我們沒有誰先提議，很自然就一同住在首爾車站的藍色圓屋頂上；我們也沒有一方先把愛說出口，卻是知道彼此相愛著。灰鴿子搬到首爾車站，就是為了與我相遇；我離開雲住寺，也是為了和灰鴿子相遇。

　　每天每天的一切，都充滿著新意。每個早晨，陽光耀眼溫暖，首爾車站看起來份外美麗，就連對面的大宇大廈和南山塔，也比以前更美了。不管是漢江鐵橋或63大樓，甚至是遠方的幸州山城或北漢山，我們一起飛去，再飛回來，回來後我會專心幫他按摩腳。沒有任何事，會比專心想著要為灰鴿子做點什麼，還更令我快樂的了。

　　立刻去愛吧，別等到明天。

　　我從沒忘記這句話。每天晚上入睡前，我會想著今天我有愛他，我僅有的這一生在此刻總算沒有白活，然後心懷感謝地睡去。

　　不過很不幸，這樣的日子並沒有能夠長久。

　　那一天，首爾雨雪交加，陰鬱沉悶。首爾車站圓屋

頂上飛來一隻銀色鴿子，說是要找灰鴿子。銀鴿子住在德壽宮，和灰鴿子很要好。

「你知道我找你找多久嗎？為什麼一句話都沒說就走掉？如果被趕離首爾市廳，你可以來德壽宮啊。」

「對不起。在德壽宮常會碰到市廳的鴿子，所以我乾脆離遠一點。」

灰鴿子對銀鴿子的歉意看來很深。

從那天起，銀鴿子就沒有離開過灰鴿子身旁。銀鴿子也開始在古意盎然的青銅色首爾車站圓屋頂上，迎接每一個黑夜與早晨。

我不想接受銀鴿子，她是我的愛巢侵入者，也是妨礙者。

「灰鴿子呀，我不想和銀鴿子一起住，我希望只有我們兩個住。」

我雖然說過好幾次，希望只有我們兩個，但是灰鴿子都裝作沒聽到。時間一久，他表現出來的態度，似乎只想和銀鴿子一起住。

我開始感到煩惱，灰鴿子的態度意味著什麼，並不容易判斷。不過我想如果是他想做的事，我還是別反對比較好，因為我愛他。

　　灰鴿子和銀鴿子住在一起已成事實，剛開始他們對我還帶有幾分歉意，但是經過一段時間後，反而把住在一起視為理所當然。灰鴿子還常以腳痛為藉口，把覓食的工作全部交給我，讓我無法在圓屋頂上休息超過十分鐘。

　　「只找到那一點點食物，該怎麼辦？還有銀鴿子的份也要一起找啊。」

　　他對我的要求愈來愈多，而且不再和我睡，只抱著銀鴿子睡，早上睡到很晚才起床。所謂「早起的鳥兒有蟲吃」，這句話對他一點都不重要。

　　我連銀鴿子要吃的食物，都勤奮地找回來。從首爾站到後站、從萬里洞到孔德洞，辛勤地四處飛，尋找人們吃剩的食物。當然最好吃的、最乾淨的會留給他們，如果那天找的食物不夠吃，我就要餓肚子。

可是灰鴿子的要求卻沒有止盡。

「妳的皮膚為什麼那麼粗？我不喜歡鱗片，太硬了。妳的皮膚要像銀鴿子一樣柔軟，我才會接受妳。」

我感到難過，要了解這樣的他，實在太痛苦了。

對，為了變成鳥，應該不能有鱗片，我完全沒想到這點。只要身體上有鱗片，我就不是鳥。

我可以為愛去掉鱗片，忍著疼痛和流血，把鱗片一一拔下。只要刮一點風，或是輕輕碰到什麼，就會刺痛留下傷口。不過如果是所愛的人要求，那一點痛也是可以忍受的。

「你看，我把你不喜歡的鱗片去除了，現在變得很光滑。」

我給灰鴿子看我的皮膚，灰鴿子顯得啼笑皆非，爆出咯咯的笑聲說：

「不只鱗片啊，妳的全身都一樣。碧藍色的凸眼睛、下垂的鬆垮肚皮、看了就噁心的光溜溜尾巴，那些要怎麼辦？」

　我無話可說，只能失魂地望著他。

　「我明明有說過，妳是魚，不是鳥。我沒辦法和魚相愛，我說我沒辦法和魚相愛。之前我是看走眼了，我後悔和妳交往，我想把過去在一起的日子忘得一乾二淨。妳快離開這裡！不，不，是我要離開這裡，我要去南山塔那裡住，我要在一個比妳高的地方俯視首爾。再見。好好過日子吧，妳這條魚！」

灰鴿子就這樣，和銀鴿子一起離開了我。

　　我哭了，首爾車站被我的眼淚沾濕了。經過首爾車站的人因為我的哭聲，都停下腳步抬頭望著青銅色的圓屋頂。

　　雨雪停了又下，最讓人感到痛苦的，莫過於要為了澆熄憤怒而耗費力氣。那股憤怒不知該如何排解，我只能抬頭凝望往水西駛去的火車燈光。

　　時間流逝，時間帶來了時間，時間不會帶來其他別的。

　　「對不起，可以幫我找一下臥佛化身的星星嗎？」

　　令人感謝的是火車燈光願意接受我的請託。那天晚上，臥佛化身的星星來找我了。

　　「臥佛，我的感情遭到背叛了。更令人痛苦的是我無法化解我的憤怒。」

　　我一看到臥佛的星光，眼淚就先流了出來。

　　「不要哭，不要因為憤怒而傷害妳自己。重要的是妳曾經愛過他，光憑這點事實，愛就已經足夠了。」

「但是痛苦卻無法停止。」

「沒有不痛苦的生活。人生別期待沒有痛苦，它就像吃飯睡覺一樣再平常不過。」

「但為什麼偏偏是我，要承受這種痛苦？」

「不可能因為是妳，就沒有痛苦。妳必須想自己也可能有痛苦，這樣才能撐得過去。」

「我受傷很深。」

「所有的美麗都有傷。珍珠有傷，花葉也有傷。玫瑰花的美麗，正是來自於它的傷。」

「我失去好多東西。」

「不過妳並沒有失去一切。拿出勇氣，找一找還有沒失去的東西。」

臥佛的星光瞬間消失了。

直到這時，我才看到黑暗的怒氣，慢慢竄出到我的身體之外。

沒有人不受傷的。玫瑰的美麗，正是來自於它的傷。我雖然失去很多，但並未失去全部。

　　首爾車站的藍圓頂上方，明亮的滿月高掛。我想起臥佛星星所說的話，然後離開了首爾車站。

　　我感到茫然，在空中飛得好低、好低。遠方有歌聲傳來，在光化門一帶，在鍾路的街道上，到處都唱著耶誕歌曲。

　　我突然思念起山寺中靜幽的風鈴聲，好想聽黑眼珠將埋在雪堆裡的松葉一片片喚醒的風鈴聲。不過我沒有辦法馬上回到雲住寺。

我仔細想，首爾哪裡可以聽到風鈴聲，然後就奮力揮動翅膀，準備飛向曹溪寺。

　　曹溪寺離鍾閣站不遠，此時正好從北漢山那頭吹來一陣冬季強風，我聽到自曹溪寺大雄殿傳來的「噹啷噹啷」風鈴聲。

　　我安靜專注聽著。或許是因為位在高樓林立的市中心，這裡的風鈴聲不若雲住寺來得清澈，但是卻足以消褪我心中被點燃的憤怒。

　　「你好，我是雲住寺的風鈴魚。」

　　我向隨風搖晃的曹溪寺風鈴魚搭話。

　　「怎麼會來到這裡？喔，原來妳有翅膀！」

　　他看著我的翅膀，卻不覺得驚訝。我以為他會嚇一跳，然後用力甩一下尾巴，結果沒有。

　　「我以前也曾經有翅膀，像妳一樣是飛魚，雖然現在翅膀已經退化了……。」

　　「什麼？你曾經是飛魚？」

　　嚇一跳的反而是我。

「嗯，我曾經是。我當時想，應該有比被綁著度日還更好的生活，結果我成了飛魚，在天空中四處飛翔。看到妳，就好像在看到幾十年前的我一樣。」

我的心中，像是聽到「砰！」一塊岩石墜地的聲音。過去的這段日子，我只認識黑眼珠，我連做夢都想不到，世界上除了我之外，還有其他飛魚存在。

「妳的鱗片都脫落了，傷得很重吧。不會痛嗎？看起來這段日子過得很辛苦。」

「很辛苦。有好幾次驚險度過生死關頭，也嚐過愛情失敗的苦頭……。」

「呵呵，我就知道會這樣。不過妳也不要太難過，那些都是功課。」

「都已經過去了，那裡有不痛苦的生活呢？」

「是啊……。大家都說不想痛苦，但這就像是肚子餓，卻又不吃飯一樣。」

「可是，你為什麼不當隻飛魚，而要再次像這樣綁著呢？」

「嗯，這個嘛……。因為我能夠清楚地領悟自我生命的本質。」

他一邊說話，一邊眨著眼。他也和我一樣是藍眼珠。

「你所謂生命的本質，是指什麼呢？」

「我指的不是像妳這樣到處飛，而是像我一樣，掛在這裡發出風鈴聲的生活。因為我到哪裡都是風鈴，所以我的生命本質，就是發出清晰而平和的風鈴聲。飛翔的生活無法發出風鈴聲，所以它是一種脫離本質、不具備價值的生活。因為我終究是魚，而不是鳥。魚想當鳥，是相當虛妄的一件事。一開始看起來，好像過著很有創造性的生活，但其實不然，而且稍有不慎，就會在生活中失去自我的存在。我也是藉由回歸風鈴的生活，才找回自我的存在，然後透過存在，去接近我生命最根本的真實。」

他切中了我生活問題點的核心，一眼就看穿我自認為是一隻鳥，而不是魚。

我無端地怯懦了起來，無法回應他說的話。接著他又說：

　　「此刻的妳也累了，應該是想聽風鈴聲，才找來這裡的吧。」

　　「是的，沒錯。我現在有些累了，也在煩惱未來不知該怎麼過。」

　　「如果是這樣，就代表你回雲住寺的時間到了。快回去吧。妳的另一半正在殷切期盼著妳回去。能互相對望的風鈴魚，上輩子原本就是相愛的戀人啊，所以今生才會那樣互相凝視著對方。」

　　「真的是這樣嗎？」

　　「真的，不然妳怎麼會這麼想念雲住寺的風鈴聲？」

　　北漢山的凜冽寒風繼續吹著，沒有鱗片的我為了禦寒，在曹溪寺內院四處飛來飛去。有時，我會飛到曹溪寺法壇前已綁了數百年的槐樹枝上稍作休息；有時，我會尋找讓我和黑眼珠成為雲住寺風鈴的師父，看看他是

否還在曹溪寺。

　　我沒找到師父，但是看到法壇石階上有幾盆冬天開的聖誕紅，我還看到階梯對面有一名正打開寫生簿作畫的年輕畫家。我偷瞄了一下這位畫家畫的圖。

　　很意外的是他正在畫曹溪寺的風鈴，畫裡最左邊有畫好的風鈴，風鈴那一端可見大雄殿的飛簷，飛簷的盡頭是整片冰冷的冬季天色，還有幾根橫越天空的枯樹枝。

　　我盯著那幅畫許久。或許是因為感冒的緣故，我大聲地咳了一下。

　　畫家看我一眼，突然間表情顯得相當訝異。

　　「妳，莫非是從雲住寺來的？」

　　我一直在咳嗽，無法馬上回答他。

　　「妳是不是原本掛在雲住寺大雄殿前的風鈴魚？」

　　畫家又問了一次，這時我才有辦法回答。

　　「是的，但是您怎麼知道我？」

　　在首爾竟然有人認出我，讓我大吃一驚。

「啊，果真是。我是說⋯⋯，既然是，那我有東西要給妳看。要不要一起到我的畫室？」

畫家在我開口回答前，先把寫生簿闔上。

我一路跟在他駕駛的小客車後面。

他的畫室位於能將仁王山盡收眼底的山坡上。

「其實我是為了想讓妳看一幅畫。」

畫家拿兩幅畫給我看，那是素描作品，上面畫的正是雲住寺。

「這，這不是雲住寺嗎？」

我訝異地看著他。

「是啊。畫的是有大雄殿的雲住寺。不過妳仔細看這兩幅畫，一幅是畫裡西側廊簷下的風鈴沒有魚，另一幅魚還掛在上面。」

果然有一幅畫裡的風鈴，上面的魚不知到哪裡去了，那個位置正是我以前繫掛的地方。我的表情更加吃驚地看著他。

「去年秋天，我去雲住寺作畫，發現大雄殿西側屋

簷下的風鈴魚不見了，我不禁感到驚訝。我納悶那隻魚
到哪裡去了，就問對面東側屋簷下的風鈴魚，沒想到那
隻魚說自己叫『黑眼珠』，又說妳已經成為飛魚飛走了。
他說不知道妳飛去哪裡，接著黑眼珠的黑眼開始淚水
盈眶，然後拜託我畫一幅妳已經回來掛在風鈴上的圖。
他說就算只是一幅畫，也想和妳在一起，還說也許這樣
妳就真的回來了也說不定。他說自從妳離開後，有很多
人來過雲住寺，但卻沒有人發現妳已經不見了，只有我

發現，而且還問他這件事，所以他才拜託我……。我不忍心拒絕黑眼珠的要求，所以在去年秋天畫了這幅畫，畫裡的魚就是妳啊。現在我不需要把這幅畫交給黑眼珠了，妳就回去妳原來的位置，如何？黑眼珠現在一定還在扳著手指頭，等待妳回去。」

啊！黑眼珠！

我心裡喊著他的名字，就這樣癱軟坐在畫室的地板上。

啊，黑眼珠，一直在原地等我……。

黑眼珠還在等待我，他的情意就像在我心中的宣紙潑上水墨一樣，已經渲染散開。

我凝視白雪覆蓋的仁王山好一會兒，然後倏地在原地跳了起來。

飛吧！現在馬上飛向雲住寺吧，再也不要徘徊首爾街頭。我還沒失去對黑眼珠的愛，曹溪寺的風鈴聲清楚地提醒我這件事。

飛吧，現在立刻去愛吧。

我馬上朝畫家給我看的那幅畫裡的地方，用力揮著翅膀飛去。朝著雲住寺的大雄殿，朝著我曾經繫綁的廊簷一角的那個位置。

第二天清晨，雲住寺的師父只顧著禮佛，沒有人發現我已經回到大雄殿廊簷下原來繫掛的地方，只有黑眼珠一直面帶微笑，望著回到原位的我。

　　黑眼珠的風鈴聲，比以前更清澈、更幽美了。破曉的星辰輕撫著雲住寺，他們也微笑地看著我，還有一顆流星向我揮手，然後消失在遠方的智異山彼端。

　　「黑眼珠啊，對不起。」

　　我先開口對黑眼珠道歉。

　　「不，別說抱歉，很高興妳能回來，我等得好辛苦。」

「我知道，請原諒我。」

「別說什麼原諒……。」

我真心乞求黑眼珠的原諒。

「我知道妳昨天晚上回來了。妳一回來就睡得好熟，不知有多累，所以我刻意不叫妳起來。」

黑眼珠的愛，依然像岩石般沉重而深刻。

「這段時間，你一定很怨我吧？」

「不，藍眼珠，我反而很謝謝妳，謝謝妳讓我了解自己。我是透過妳才看清自己原本的面貌。回到我身邊的妳，心中有我原本的面貌。」

「我也一樣。現在我才知道我是誰，知道我是在哪裡。一直等待我的你，心中也有我。」

「到目前為止，我只是用表面在愛妳。現在我很高興，終於可以用投影在妳心中的、我的內在面貌去愛你。」

「黑眼珠，真的謝謝你。如果我生命中還有美麗可言，那並不是我自己形成的，而是由愛我的你所形成

的。」

　　我凝視著黑眼珠，黑眼珠的眼神流瀉出愛意，像河水流動一般。時間帶來了時間，在新的時間支配下，我們雖然無法見面、分隔兩地，但是我們相愛的心卻沒有改變。

　　「我以為只要離開這裡，就能過著比現在更好的生活；以為只要脫離既定形式的生活，就能過得更有創造性。但事實並非如此，因為我忘了最重要的一件事。我當時不懂，即便過著因循重覆的生活，只要當中有真實的愛，也能過出有創造性的生活。」

　　「我依照妳所想要的，將放手讓妳離開當成愛情。雖然在一起是愛，但是讓妳想離開時就能離開，這也是愛。不過在妳離開後，我一樣每天發出風鈴聲，不曾停過。我把風鈴聲，當成我想對妳表達的心意。我送妳遠離，期待的是我們能再一次真心相遇。」

　　「你一定覺得很孤單吧。」

　　「雖然孤單，但是有等待，等待讓我有了勇氣，勇

氣又再給我耐心。」

「我曾經在愛情中徹底失敗。瞧瞧我的身體，我的鱗片都沒有了。」

「藍眼珠，無論是什麼樣的愛情，在愛裡頭都沒有失敗。認為有失敗，那就不是真正的愛情。所有的愛裡頭，只有成功。只要我曾經真正愛過，那就是成功。」

黑眼珠張開手輕撫我失去鱗片的身體，我感受到他手上的溫暖，心頭已然落淚。

「謝謝你，黑眼珠……。」

「謝什麼。臥佛不是常說，我不見了，就找我。妳的鱗片不見了，就是妳不見了，所以妳就要找回妳。到了春天，鱗片會再長回來，不要太傷心。」

在旁邊聽我們說話的晨星，不知何時消失了。接著陽光出現，也在傾聽我們倆的對話。

「今天的風鈴聲讓我感到格外熱情，是誰來了呢？」

一位剛結束早晨供養的師父，望著大雄殿的廊簷

角。

「哦，這傢伙！是妳回來啦。去哪裡了，現在才回來？很好，有做一些人生的功課嗎？哈哈。」

師父的長衫衣角飄著，臉上露出久違欣喜的表情。

「師父，對不起。」

我真心乞求師父的原諒。

陽光搔著雲住寺裡的積雪，殘雪禁不起陽光搔癢，正在一點一滴融化。探訪臥佛必經的雪徑上，雪也融了。臥佛已經散步回來，又躺回去。

我先用心向臥佛恭敬地行大禮。

「好，辛苦了……。回來就好。」

臥佛起身，輕輕拍了我的翅膀，又再躺下去。

我忍不住大哭一場。

殘雪未融盡，將臥佛的睫毛沾得白亮。

「嗯，現在妳知道自己是誰了嗎？」

「知道了，臥佛。」

「身為風鈴的生活，就是妳的生活本質。妳是魚，

不是鳥。妳要原諒自己。」

「是的，臥佛。」

「生活就是時間，而且是物理性的時間。認真過活吧，唯有認真過活才叫生活。不認真的話，就不是生活。風不正是為了妳，才會那樣地吹嗎？」

「是的，臥佛。」

「如果妳是一棵花木，與其過著花的生活，不如當個能使花開、潔白而美麗的根。」

「是的，臥佛。但是我有個疑惑想請教，世界上有什麼事物能永遠存在？」

「沒有事物可以永遠存在，這真是令人傷心的事。不過也正因為這樣，才能有更多的事物存在。不過有一個——那就是愛，愛可以永遠存在。」

「臥佛，那在我們的生活當中，什麼最重要？」

啊，我怎麼還有那麼多問題。莫非是把提問的過程，也當成一種生活。

「如果沒有愛，就會像鳥沒有翅膀，或是像妳這

樣的風鈴魚沒有風一樣。我們活著時，什麼最令我們痛苦，什麼最令我們煩惱？而讓我們感到煩惱和痛苦的原因是什麼？仔細想想，最後的答案不就是愛？藍眼珠，為什麼這段日子妳會這麼痛苦？不就是因為愛。我們的生活裡，會有我們需要和我們想要的東西，這兩種東西看起來很像，其實完全不同。想要的東西如果沒有，一樣可以活；但是需要的東西如果沒有，就無法活。藍眼珠，我們需要的東西，是什麼呢？」

「是愛。臥佛。」

「哦，嗯，嗯，妳說對了。藍眼珠啊，我愛妳。」

陽光散去，冬雨落下，雷聲伴隨著閃電響遍雲住寺，彷彿在責怪我的愚蠢。老公佛把身體側了一下，將手抬高，幫老婆佛擋住往臉上滴落的冰冷雨水。

我知道，雨停了，春天很快就會來。正如世界上唯有愛是永恆的，春天的到來，其實是另一個永恆。

只要春天一到，我就要和黑眼珠一起發出世界上最美麗、最清澈的風鈴聲。

孤單的人們，請來雲住寺；痛苦的人們，請來雲住寺。啊，更重要的是相愛的戀人們，請一起來雲住寺。來聽我和黑眼珠的風鈴聲……。

繫在詩人心中廊簷端的風鈴聲

金龍澤（詩人）

　　天空藍得很不真實。仰望天空的眼睛，開始乾澀，前額也開始冰冷。靜靜看著前山，那座山儼然像是風鈴，繫在一條看不見的繩線上。如果有個力氣大的人一口氣將它舉起，那風鈴似乎就會讓它所珍藏的最美的聲音，響遍蔚藍的天空，為人們帶來平安。

　　參拜過雲住寺的臥佛，
　　在回程的路上，
　　你心中的廊簷一角，
　　也繫著風鈴回來了。
　　遠處的風吹過來，

如果聽見風鈴聲，

要知道，那是我思念的心

去到了那裡。

　　這是收錄於詩人鄭浩承的詩集──《因為孤獨，所
以為人》（외로우니까 사람이다）中的一首詩，詩名為
〈繫著風鈴〉（풍경 달다）。詩中我最喜歡「你心中的
廊簷一角」這句的表現。風吹過的路口，在如廊簷一角
般冰涼的心底，有個能發出美麗聲響的風鈴，這個人就
是鄭浩承。鄭浩承總是用自己心裡收藏的風鈴聲，伸出
溫暖的手，撫慰我們的悲傷與孤單、以及受傷的靈魂。
這世界上的風，只要吹過他的廊簷一角，他的風鈴就會
響起無數回。

　　《戀人》是大人讀的童話，故事內容描寫鄭浩承讓
心中收藏最久、如草葉音般的風鈴聲，響遍世界。愛是
什麼？他說就是把自己最珍惜的東西，送給所愛的人。
付出、再付出，等再也無可付出時，會感到惋惜，這就

是心中有愛。對所愛的人難以克制、想一給再給的人，曾經付出過什麼給對方，在讀這本書時，也將得到相同的回報。

我讀這本童話時，心情陷入了一種錯覺，彷彿像是第一次聽到藍天中響起風鈴聲，讓我必須停下來凝視天空許久。大人讀的童話——《戀人》，是主角藍眼珠尋找深藏在我們心底某處、真摯愛情風鈴聲的故事。

藍眼珠是掛在雲住寺廊簷一角的風鈴。有一天，因為看到即將墜地的小燕子，她蹤身飛躍，卻意外成為藍眼珠脫離風鈴繫繩的契機。救了小燕子之後，藍眼珠成為會飛的飛魚，她以為得到了大自由，開始朝世界飛去。

藍眼珠第一個決定尋找的地點是海。不過和她一起向著「讓海更美麗的島」飛去的東方環頸鴴，在老鷹手中失去了生命，藍眼珠生平第一次見識死亡。因為害怕，她呼喊化身為星星的雲住寺臥佛。臥佛安慰藍眼珠，告訴她：「死亡也只是生命的一部分。」雲住寺的

臥佛就這樣，每每在藍眼珠遇到困難時，化身為星光來安慰她。

　　失去東方環頸鴴的藍眼珠，這次遇到了詩人。詩人對失去朋友的藍眼珠說，愛可以是一眼就喜歡上的，「愛，才是人生的全部。」

　　接著藍眼珠去到首爾，在那裡遇到了灰鴿子。「首爾因為有你而美麗」，藍眼珠喜歡上這隻受傷的鴿子。然而在目睹上幼兒園的有愛死亡後，藍眼珠又再經歷各種試煉，有時她會想起最初與她相戀的黑眼珠，心情也嚐到了「像黎明破曉，心中的一角露出了曙光」的滋味。

　　離開首爾、四處飛翔的藍眼珠，度過了數次生死難關。她曾在蒸鯽魚店被抓，讓她魂飛魄散；也曾在蓄水池裡被釣魚鈎鈎住，令她不知所措；之後甚至與白腰文鳥一同當過卜卦鳥。還有，來到鯽魚餅攤車差點死亡的同時，她也深刻領悟到要「立刻去愛吧，別等到明天」。

　　再度回到首爾的藍眼珠，與初到首爾時遇見的灰鴿子之間產生濃烈的愛情。但是有一天，銀鴿子出現了，

和灰鴿子也有了愛情，藍眼珠再度呼喚化身為星光的臥佛。臥佛說：「所有的美麗都有傷。」用這句話安慰藍眼珠。藍眼珠在偶然間遇到一位畫過雲住寺的畫家，從他口中得知黑眼珠還愛著自己。最後她也回到了雲住寺，確認了黑眼珠的真愛。

藍眼珠尋找愛情的巡禮，是世間所有事物必經的過程。每一樁愛情，都有離別的傷痛；世界上所有美麗的愛情，都受過傷。世間哪裡有未經受傷而蒼翠的松樹？經過為到達真正愛情的「痛苦洗禮」，還要跨越絕望與思念的黑暗原野，唯有這樣的人才能燦爛地對世界微笑。

《戀人》也因此成了愛與和平的訊息。鄭浩承透過藍眼珠，讓我們看到最終應該抵達歸去的地方，就是愛情的廊簷一角。對於生活在看似不虞匱乏的「貧窮年代」的我們，《戀人》就是迴響著愛情的風鈴聲。

他所傳遞給我們聽的風鈴聲，洗滌了我們的心與耳。他的風鈴聲不是對世界的警世之鐘，而是追尋愛情的風鈴聲，令我們在不知不覺間，將深埋心底如草葉音

般的愛情風鈴聲發掘出來，然後讓它們像冬天的白色雪花一樣，響遍整個天空。於是因為愛，那些受傷而哭泣的人們在疼痛的傷口上，會有如大雪般閃亮的愛情開始紛飛；在愛情面前感到焦慮的人們，會得到令人幾近雀躍的喜悅愛情；而沒有愛情的人，也將因為愛情而受到滋潤，對愛情「啪」地睜大眼睛。

在愛當中的人們，那個人已經來了，把門打開吧。在沒有風吹而降下的雪花中，那個人正迎著白雪，讓自己像個雪人般站在那裡，心愛的他應該正全身白晰地笑著呢。既然如此，那你就靠近他，抖落停留在他肩上及頭上的雪花吧。還有，在尋找風鈴聲的同時，還會聽到對世界有著無比深愛的詩人鄭浩承正在呢喃低語。他說立刻去愛吧，他說唯有愛才是最美麗的現實。最後他將對我們唱起歌，「就這樣去愛吧，像沒有風吹而降落的雪花一般。」

無論現在愛的是誰

190

去愛一個知道落葉何時掉下的人吧

無論現在愛的是誰

去愛一個知道落葉為何往下掉的人吧

無論現在愛的是誰

去愛一個能像一片落葉掉下的人吧

十月的紅色月亮下山後

對窗外的溫暖亮光感到思念的日子

無論現在愛的是誰

去愛一個能像一片落葉掉下腐爛的人吧

去愛一個能像一片落葉腐爛

然後等待春天的人吧

　　山影開始籠罩運動場，太陽下山，鳥兒不知飛去何處，而我也該回去了。在我心中同樣有著風鈴，我也要為所愛的人，搖響今日收藏的、如草葉般的風鈴。啊！在這世界上有你所愛的人，還有比這更好的事嗎？那是和平，是安息，是世界的終點，也是最初。

聯經文庫
戀人

2019年3月初版　　　　　　　　　　　　　　　　　定價：新臺幣320元
有著作權・翻印必究
Printed in Taiwan.

著 者	鄭	浩	承		
繪 者	朴	勳	睿		
譯 者	蕭	素	菁		
叢書編輯	黃	榮	慶		
校 對	陳	麗	卿		
整體設計	黑	色	墨	水	
編輯主任	陳	逸	華		

出　版　者	聯經出版事業股份有限公司	總 編 輯	胡 金 倫
地　　　址	新北市汐止區大同路一段369號1樓	總 經 理	陳 芝 宇
編輯部地址	新北市汐止區大同路一段369號1樓	社　　長	羅 國 俊
叢書編輯電話	(02)86925588轉5307	發 行 人	林 載 爵
台北聯經書房	台 北 市 新 生 南 路 三 段 9 4 號		
電　　　話	(0 2) 2 3 6 2 0 3 0 8		
台中分公司	台 中 市 北 區 崇 德 路 一 段 1 9 8 號		
暨門市電話	(0 4) 2 2 3 1 2 0 2 3		
台中電子信箱	e-mail：linking2@ms42.hinet.net		
郵 政 劃 撥 帳 戶	第 0 1 0 0 5 5 9 - 3 號		
郵 撥 電 話	(0 2) 2 3 6 2 0 3 0 8		
印　刷　者	文 聯 彩 色 製 版 印 刷 有 限 公 司		
總　經　銷	聯 合 發 行 股 份 有 限 公 司		
發　行　所	新北市新店區寶橋路235巷6弄6號2樓		
電　　　話	(0 2) 2 9 1 7 8 0 2 2		

行政院新聞局出版事業登記證局版臺業字第0130號

本書如有缺頁，破損，倒裝請寄回台北聯經書房更換。　　ISBN　978-957-08-5278-3 (平裝)
電子信箱：linking@udngroup.com

國家圖書館出版品預行編目資料

戀人/鄭浩承著 . 朴勳睿繪 . 蕭素菁譯 . 初版 . 新北市 .
　聯經 . 2019年3月（民108年）. 192面 . 14.8×21公分
　（聯經文庫）

ISBN　978-957-08-5278-3（平裝）

862.57　　　　　　　　　　　　　　　108002155